Hinweis:

Über die beiden Hanni-und-Nanni-Bändchen **in englischer Sprache** mit Vokabeln schrieb die Zeitschrift ELTERN: „Ein Lichtblick für alle, die mit dem Englischlernen Schwierigkeiten haben ... Und damit die Spannung dieser abenteuerlichen Geschichte nicht verlorengeht, stehen auf jeder Seite ein paar Vokabeln in Deutsch."

Zu diesem Buch

Enid Blyton ist die erfolgreichste Kinderbuchautorin der Welt. Ihre Bücher wurden in 30 Sprachen übersetzt und gehören auch in Deutschland zu den beliebtesten Kinderbüchern. Der Tagesspiegel, Berlin, schrieb: „Lebensnähe und Wärme der Darstellung erklären die außerordentliche Beliebtheit von Enid Blyton." Gesamtauflage der Bücher von Enid Blyton im Franz Schneider Verlag nahezu 3 Millionen Exemplare.

Enid Blyton

HANNI UND NANNI

suchen Gespenster

Schneider-Buch

Inhalt

„Ritterfräulein sollen wir werden!"

„Nanni, das war doch gerade der Postbote. Hat er nichts gebracht?"

„Doch, Mami", Nanni kam zögernd ins Zimmer, „einen dikken Brief von Lindenhof."

„An euch?"

„Nicht direkt. Adressiert ist er an Vati."

„Dann gib ihn bitte her!"

„Aber er betrifft bestimmt uns." Nanni besah sich den Umschlag von allen Seiten.

„Ja, vielleicht werfen sie euch hinaus."

„Aber, Mutti!" rief Hanni lachend. Sie war gerade vorbeigekommen und hatte das Gespräch zwischen der Mutter und ihrer Zwillingsschwester mit angehört. „Wir werden bestimmt nicht aus Lindenhof hinausgeworfen."

„Bist du da so sicher?" fragte die Mutter. Doch sie lächelte auch.

„Öffne bitte und lies, was darin steht", bettelten beide Mädchen.

Aber die Mutter schüttelte den Kopf. „Wartet, bis Vati kommt. Der Brief ist für ihn bestimmt."

Hanni und Nanni maulten. Aber es half ihnen nichts. Ihre Mutter amüsierte sich insgeheim und dachte: Schadet den beiden gar nicht, wenn sie ihre Neugierde bezähmen müssen.

Jeden Tag in den Ferien liefen die Zwillinge dem Vater entgegen, wenn er mittags nach Hause kam. An diesem Tag aber erwarteten sie ihn mit besonderer Sehnsucht. Einmal mußte er doch erscheinen!

Da ... das klang nach seinem Wagen! Sie rannten hinaus und winkten dem Vater von weitem zu. Als er hielt, stürzten sie ihm entgegen und hakten sich bei ihm unter.

„Nanu", sagte er, „an so eine stürmische Begrüßung bin ich gar nicht gewöhnt. Ist etwas Besonderes vorgefallen?"

„Ooooch, vorgefallen eigentlich nicht", antwortete Hanni. „Es ist bloß ein dicker Brief gekommen – aus Lindenhof."

„So, und was steht drin?" fragte er, während sie den Gartenweg zur Haustür entlanggingen.

„Ja wenn wir das wüßten! Mutter hat ihn auf deinen Schreibtisch gelegt. Ungeöffnet!"

„Ach so!" Herr Sullivan lachte laut. Nun begriff er! Um seine Töchter zu necken, wanderte er zunächst in die Küche und fragte seine Frau: „Na, gibt es etwas Gutes zu Mittag? Ich habe einen gewaltigen Hunger."

„Geh nur ins Eßzimmer, das Essen kommt sofort."

Tatsächlich befolgte Herr Sullivan ihren Rat. Und sonst sah er doch stets zuerst auf seinem Schreibtisch nach der Post! Das war Hanni zuviel. Sie holte den Brief und legte ihn unübersehbar auf Vaters Platz.

Nun *mußte* er ihn öffnen!

Das tat er denn auch und las ihn aufmerksam. „Hm!" äußerte er sich dann.

„Vati!" riefen die Zwillinge empört. „Nun rede schon!"

„Reden . . .? Ach so . . . ja. Also, ihr sollt nach den Ferien nicht wieder nach Lindenhof kommen.“

„Was?“ Die Mutter war inzwischen hereingekommen und fragte genauso erstaunt wie ihre Töchter. „Aber warum denn?“

Der Vater lachte. „Weil das Internat noch längst nicht fertig ist mit dem Umbau und deshalb für einige Zeit umziehen muß.“

Na, das war eine Neuigkeit!

„Wohin ziehen wir denn?“ fragten die Zwillinge.

„Nachher lese ich den Brief vor. Jetzt wird erst gegessen.“

Dagegen gab es keinen Widerspruch. Die Schwestern fügten sich. Aber kaum hatte das Hausmädchen die leeren Teller und Schüsseln abgeräumt, da riefen sie: „Bitte, Vati, nun lies!“

Und er begann: „Es ist ein Rundschreiben an die Eltern aller Schülerinnen.

Liebe Eltern, von Ihren Töchtern werden Sie wissen, daß wir bei Ferienbeginn verschiedene Umbauarbeiten in Angriff genommen haben. Aber fängt man erst einmal damit an, findet man so schnell kein Ende. Immer mehr Änderungen erweisen sich als notwendig. Kurz gesagt: Wir werden bis zum Schulbeginn nicht fertig. So mußten wir für die Schule ein neues Quartier suchen. Gefunden haben wir es gar nicht weit von hier in der Burg Funkelstein. Dort ist seit Jahren eine Schule für Jungen und Mädchen mit einem Internat untergebracht. Die jetzigen Schüler und Lehrer befinden sich für zwei, drei Monate auf einer Auslandsreise. Die Schule steht also leer. Dort wird unser Internat vorläufig Unterschlupf finden. Wir bitten Sie deshalb, Ihre Töchter diesmal umzudirigieren. Genaue Lagebeschreibung der Burg, Anfahrtswege, Zug- und Omnibusverbindungen haben wir Ihnen zusammengestellt.

Wir hoffen also, unsere lieben Mädchen am ersten Schultag auf Burg Funkelstein wiederzusehen. Ihnen und den Kindern herzliche Grüße!

Theobald, Direktorin.“

„Auf eine Burg ziehen wir!" rief Hanni entzückt. „Hoffentlich auf eine richtige Raubritterburg mit Verlies und Geheimgängen . . ."

„Und wir werden Burgfräulein", sagte Nanni ebenso begeistert. Zuerst holten sie einen Atlas, dazu Fräulein Theobalds Plan.

„Na, so ganz nahe an Lindenhof liegt die Burg nicht", meinte der Vater. „Ich schätze: fast eine Stunde Autofahrt entfernt."

„Bringt ihr uns hin, oder sollen wir mit dem Zug fahren, wie es hier angegeben ist?" fragte Nanni.

„Wir bringen euch hin", versicherte der Vater. „Schließlich möchten wir die Burg auch besichtigen."

Vierzehn Tage hatten sie noch Zeit bis zum Schulbeginn.

„Ein Brief von Bobby", verkündete Hanni eines Morgens. „Sie ist genauso gespannt auf Burg Funkelstein wie wir."

Die Zwillinge schrieben sofort an die anderen Freundinnen. In Vaters Bücherei suchten sie nach einem Band über alte Burgen.

„Hier, sieh bloß", rief Nanni aufgeregt, „Burg Funkelstein am Walde, eine interessante Anlage: Ein neuerer und ein älterer Bau, das sogenannte Unter- und Oberschloß, sind durch eine sehr alte Höhlenburg verbunden. Hanni, das muß unser Funkelstein sein. Sieh es dir an."

„Na, sehr stolz schaut es nicht gerade aus", meinte Hanni trokken. „Kein Turm, nur ein paar Mauern mit Zinnen . . . Ich habe es mir viel romantischer vorgestellt."

„Aber lies doch: eine interessante Anlage!" antwortete Nanni. „Na bitte, hier im Text steht auch: Der mittlere Teil, die Höhlenburg, ist buchstäblich in den Sandsteinfelsen eingehauen. Es handelt sich um die Festung eines gefürchteten Raubrittergeschlechtes. Vor der Erbauung des Unterschlosses – des neuesten Teiles also – waren die Höhlen nur auf einem schmalen Felsensteig zugänglich. Der konnte mühelos überwacht werden und bot deshalb Feinden keine Möglichkeit zum Eindringen."

„Das steht da?" fragte Hanni. „Eine richtige Raubritterburg? Großartig!"

Je näher die Abreise kam, desto zappliger wurden die Zwillinge. Wer konnte schon in eine echte Raubritterburg übersiedeln? Wunderdinge erzählten sie den Bekannten im Dorf, und die schüttelten nur den Kopf. Wie konnten Sullivans die Mädchen in solch eine Schule schicken?

Endlich war der Abreisetag gekommen. Sie brachen zeitig auf, damit die Eltern noch am gleichen Tag heimfahren und trotzdem alles genau besichtigen konnten.

„Weißt du noch, wie wir zum erstenmal nach Lindenhof fuhren?" erinnerte Nanni die Schwester.

„Freilich! Damals interessierte uns die Schule überhaupt nicht, weil wir doch möglichst schnell wieder abhauen wollten."

„Und nun wird es schon unser drittes Jahr", sagte Nanni nachdenklich. „Mir kommt es sogar noch länger vor. Wir haben in den letzten Jahren viel erlebt."

„Dort geht es nach Lindenhof", rief Hanni plötzlich. „Da bist du immer von der Hauptstraße abgebogen, Vati."

„Ich weiß." Er nickte. „Jetzt kommt also Neuland für uns alle."

Eifrig sahen die Schwestern sich um. „Ein See!" – „Und da hinten schon wieder einer." – „Dort scheint sogar ein Fluß zu sein, schaut nur, bei den hohen Bäumen."

„Was für Bäume sind das?" fragte die Mutter.

„Pappeln wahrscheinlich", antworteten die Zwillinge.

„Mit hohen Nestern darauf", setzte der Vater hinzu. „Es werden wohl Reiherhorste sein."

„Aber wenig Wald ist hier", meinte Hanni, „und in deinem Bildband stand doch ‚Burg Funkelstein am Walde'."

„Vielleicht betonte man den Wald besonders, weil er in dieser Gegend selten ist", erklärte ihr der Vater. „Wenigstens vermute ich das."

Nun schauten sie, wann der Wald wohl auftauchen würde. Die Burg mußte ja gleich daneben stehen.

„Da!" Mehr brachte Nanni nicht heraus, und Hanni verschlug es überhaupt die Sprache. Kein Vergleich mit dem Bild! Darauf hatten sie ja bloß die Burg gesehen. Aber diesen Anblick hatten sie nicht vermutet: Weites, flaches Land lag hinter einem Waldstück. Zwei große Straßen kreuzten sich, eine führte über einen Fluß, die andere lief parallel zum Wasser. Die Burg aber stand auf einem hohen Felsen, der ganz unvermittelt aus der Ebene aufragte. Ja, von dort aus hatten die Raubritter gut beobachten können, wer die Straße entlangzog.

„Und dann raus aus dem Busch!" rief Nanni. „Und wenn die Überfallenen noch Widerstand leisteten, dann – zack, zack! – fort mit ihnen!"

„Mädchen", rief Frau Sullivan entsetzt, „was phantasierst du da für grausame Sachen!"

„Na ja, Mami", antwortete Hanni ungerührt, „glaubst du etwa, die Burgfräulein von damals hätten Mitleid gehabt mit den Gefangenen oder Erschlagenen?"

„Das kann ja reizend werden, wenn unsere beiden sich als Raubritterfräulein entpuppen", brummte Vater Sullivan, und alle lachten.

Inzwischen waren sie am wappenverzierten Tor des Parks von Funkelstein angelangt, das weit offenstand. An der rechten und linken Seite erblickten sie niedrige Häuser, in der Mitte eine wunderschöne Platanenallee. Von der Burg sahen sie einstweilen überhaupt nichts, da die Bäume die Sicht versperrten. Die Allee endete an einem großen Rasenplatz. Alles wirkte sehr friedlich.

„Also steigt aus!" rief Herr Sullivan und schaute sich um. Aha, dort hinten schien der Eingang zum Schloß zu sein! Ein überdachter Weg führte in einen engen, kleinen Burghof. Na endlich!

Als sie hochblickten, sahen sie die zackenartige Mauerkrönung der Burg und den runden Turm, der auf dem Bild in Vaters Buch gefehlt hatte. Ebenso einen hohen Felsen mit schwarz gähnenden Fensterluken. Um den Burghof herum befanden sich alte Gebäude mit vergitterten kleinen Fenstern, vielen winzigen Erkern und hübschen Türmen.

Hanni und Nanni liefen ein paar Schritte vor. Hinter einem Felsen entdeckten sie noch ein kleines Haus und darin einen Laden.

Ihr Vater hatte inzwischen an einer altmodischen Klingel gezogen, die neben der mittleren Tür hing. Die Tür war aber gar nicht verschlossen, und er ging mit seiner Frau über ein paar Stufen ins Haus. Die Zwillinge sahen die Eltern gerade noch verschwinden und rannten schleunigst hinterher.

„Ach, Sullivans kommen!“ sagte eine vertraute Stimme. Fräulein Theobald, die Direktorin, stand in der großen Halle und ging ihnen schnell entgegen.

Kurz darauf wurden die Zwillinge ein Stockwerk höher mit Jubel empfangen. Die meisten aus ihrer Klasse waren schon da: Hilda, die Klassensprecherin, Bobby, Jenni, Marianne und ihre Freundin Carla, Petra, die Klassenbeste, mit ihrer Freundin Doris, die ausgerechnet die schlechteste Schülerin der Klasse war.

„Carlotta fehlt noch“, sagte Bobby unruhig. „Sie wollte doch beizeiten hiersein.“

Auch Elli, die Kusine der Zwillinge, war noch nicht erschienen.

„Kommen eigentlich Fränzi und Mary Waters wieder her?“ wollte Hilda wissen.

„Nein“, antwortete Nanni. „Vor ein paar Tagen schien es noch unsicher zu sein. Doch vorgestern abend riefen sie an. Ihre Schule hat den Betrieb wieder eröffnet.“

„Na, ist auch recht“, erklärte Bobby trocken. „Ich gebe zu, daß sie sich zuletzt prima herausgemacht hatten. Aber ein bißchen fremd blieben sie doch.“

„Schade ist es um Lilo“, betonte Doris. „Die paßte genau zu uns.“

Da nickten alle und dachten an das nette Mädchen, das sich von Anfang an mit allen bestens gestanden hatte. Und keine hatte geahnt, daß Lilo die Tochter einer berühmten Schauspielerin war, so bescheiden und natürlich, wie sie sich gab.

„Ob wir wieder Neue dazubekommen?“ fragte Marianne. „Ich habe vorhin verschiedene fremde Gesichter gesehen. Doch ob sie in unsere Klasse kommen, weiß ich nicht.“

Nun, sie mußten ihre Neugier einstweilen bezähmen. Die Hausmutter begrüßte sie kurz und eilig. „Stellt eure Sachen am besten in diesen Raum“, sagte sie, öffnete eine Tür und hängte einen weißen Zettel daran: „3. Klasse.“

„Aber, Hausmutter, wir sind ja die Vierte!“ rief Hanni entrüstet und verbesserte die Zahl. Das neue Schuljahr begann, und es war wirklich ein großer Unterschied, ob sie zur dritten oder zur vierten Klasse gehörten. Die vierte – die rechnete beinahe schon mit zu den Großen.

„Ihr habt frei bis halb eins. Dann müßt ihr wieder hiersein. Bis dahin könnt ihr euch im Gelände umsehen.“ Doch als sie die unternehmungslustigen Mienen bemerkte, bremste sie die Mädchen schnell: „Eins merkt euch: Im Burggelände habt ihr nichts verloren, also auch nichts dort zu suchen. Bummelt durchs Dorf.“

Dorf? Gab es hier ein Dorf?

Hanni und Nanni verabschiedeten sich von den Eltern, die schon im Wagen auf sie warteten. Dann wanderten sie durch die Platanenallee zum Parktor und sahen sich um: Die Straße, auf der sie gekommen waren, führte nach links unter der Burg vorbei. Und da standen wirklich ein paar Häuser, ein paar Bauernhöfe, eine Schmiede, auch eine Gastwirtschaft mit einer Metzgerei und einem Lebensmittelladen.

Hinter dem Dorf lag ein großer Sportplatz. Der gehörte wahrscheinlich zu der Schule im Schloß. Sie gingen weiter und bogen in den Wald ein. Ein breiter Weg führte an Buchen vorbei, unter denen viel Unterholz und hohe Farnkräuter wuchsen. Als links ein Weg abzweigte, wandten sie sich dorthin.

Hilda erklärte nämlich: „Es ist schon zwölf. Ich glaube, auf diesem Weg kommen wir wieder zum Burgtor."

Birken, Fichten und Erlen standen am Rande. Dann sahen sie einen Wassergraben. Das Blätterdach öffnete sich, und eine Mauer kam zum Vorschein, die gewiß um die Burganlage bis zum Tor führte.

„Bist ein kluges Kind, Hilda", lobten die anderen. „Wir wählen dich bestimmt wieder zur Klassensprecherin."

Ein paar hielten heimlich Ausschau nach einer Tür in der Mauer. Aber nur an einer Stelle sah es so aus, als wäre einmal eine Pforte dort gewesen. Doch die Stelle war zugemauert worden, nur nicht so gut verputzt wie die anderen Teile.

„Schade, solch eine heimliche Pforte wäre doch romantisch! Und zu so einer ollen Ritterburg gehört nun mal etwas Romantisches", verkündete Hanni.

„Hallo, Bobby! Hallo, Zwillinge!" Carlotta lief ihnen entgegen. „Toller Kasten, was? Hier können wir einiges anstellen."

„Laß das niemanden hören!" warnte Hilda. „Ich glaube, wenn unsere Lehrer sich erst umsehen und feststellen, was für Möglichkeiten wir haben, dann sträuben sich ihnen die Haare."

„Was wird Mamsell bloß sagen?" rief Doris. „Eigentlich ist Funkelstein nach allem, was man sieht, doch eine halbe Gespensterburg. Schaut euch bloß die Luken im Felsen dort oben an!"

Sie kicherten bei dem Gedanken an die Lehrerin für Französisch – an die temperamentvolle, aber schrecklich ängstliche und abergläubische Mamsell. Ob sie schon angekommen war?

Die Neuen sind die Alten

Die Schule von Funkelstein besaß einen richtigen kleinen Konzertsaal, denn es handelte sich um eine ganz besondere Schule: Der Leiter war sehr musikalisch und zog deshalb junge musikbegeisterte Lehrer an sein Internat. Die Folge war, daß sich auch solche Buben und Mädchen als Schüler meldeten, die ein besonderes Interesse an der Musik besaßen – an Instrumenten und am Chorsingen. Die Schule hatte bald einen guten Ruf.

Im Konzertsaal also trafen sich nach dem Essen die Lehrerinnen und Schülerinnen aus Lindenhof und die Neuen, die zu ihnen stießen: Mädchen, die sonst die Burgschule besuchten, aber nicht mit den anderen verreist waren. Sie wurden auf die Klassen verteilt. Zur Vierten kamen fünf Mädchen: Hella Lampert, Erna Helldorf, Karolin Buchner, Tilly Wilk und Margit Köcher. Nur Hella wohnte im Internat, die anderen stammten aus dem Dorf und schliefen natürlich zu Hause.

Die Schlafräume waren kleiner als die in Lindenhof, jeder nur für drei Bewohner eingerichtet. Wer zog zu wem? Das gab viel Kopfzerbrechen.

Die Zwillinge blieben zusammen, Bobby, Carlotta und Jenni ebenfalls. Petra und Doris galten als unzertrennlich, genau wie Marianne und Carla. Hilda, Elli und Hella, die Neue, blieben zum Schluß übrig. Hilda – ja, die wollten alle aufnehmen. Bei Elli war das anders. Sie spielte gern die Beleidigte und war, wie Bobby sich ausdrückte, „eine alberne Gans".

„Du, ich glaube, wir müssen Elli zu uns holen", flüsterte Nanni der Schwester zu. „Schließlich ist sie unsere Kusine."

Hanni verzog zwar das Gesicht, aber dann nickte sie. „Zieh in unser Zimmer, Elli", rief sie.

Elli nickte erleichtert. Natürlich hatte sie gemerkt, daß die anderen sich nicht um sie rissen. Sie zerrte ihren Koffer zu den Zwillingen hin. Schwer genug war er, sie hatte wieder einmal heimlich ein paar schicke Sachen hineingemogelt, die im Internat nicht besonders gern gesehen waren. Wer wußte aber, ob sie in der Burg nicht so etwas brauchte? Vielleicht kamen fremde Gäste?

Hilda entschied sich, zu Marianne und Carla zu ziehen. So blieb für Hella als einzige Möglichkeit, das Zimmer mit Petra und Doris zu teilen. Sie betrachtete die beiden Mädchen kritisch: Die zierliche Petra wirkte viel jünger als die übrigen, und Doris machte ihr einen recht derben Eindruck.

„Wir werden uns schon zusammenraufen", sagte Doris und wollte damit Hella Mut zusprechen.

Ph . . .! Das hatte Hella gar nicht nötig! Sie war Künstlerin, was gingen diese Schulmädchen sie an? Sie warf den Kopf zurück und tat, als hätte sie nichts gehört. Als Petra, der das Schweigen unbehaglich wurde, sich nach ihrem besonderen Fach in Musik erkundigte, betonte sie nur kurz: „Klavier!" und fügte lässig hinzu: „. . . und Komposition, aber davon versteht ihr doch nichts."

Am Spätnachmittag, um die Vesperzeit herum, waren alle eingerichtet. Ein Gong klang durchs Haus, und als sich die Türen öffneten, riefen ein paar von den Großen aus der obersten Klasse: „Um sechs trifft sich alles im großen Eßraum neben dem Konzertsaal! Feierliche Begrüßung und vergnügtes Abendessen."

Es wurde wirklich vergnügt. Fräulein Theobald wirkte richtig „aufgekratzt", wie die respektlose Bobby behauptete. Sie erzählte auch etwas über die Burgfräulein, als ob sie die Gedanken der Mädchen erraten konnte. „Aber die Zeit der Raubritter ist vorbei", sagte sie lachend. „Auch Burgfräulein benehmen sich heute manierlich. Und das gleiche hoffe ich von euch." Sie stellte die

Neuen vor. Es waren dieses Mal eine ganze Menge. „Das heißt, der Ausdruck Neue gilt nur für unseren Kreis aus Lindenhof. In Wahrheit sind *wir* hier die Neuen und genießen Gastrecht. Von der Burgschule sind ein paar nicht mit auf die große Reise gegangen. Sie werden nun in unsere Klassen gehen . . ."

„Die Neuen sind die Alten", flüsterte Jenni.

„. . . Neue Schülerinnen von auswärts haben wir nicht aufgenommen, weil wir ja selber fremd in Funkelstein sind. Hiergeblieben ist auch Fräulein Grimm, die Klavierlehrerin. Ihr habt jetzt die beste Gelegenheit, Klavierspielen zu lernen. Das ist viel günstiger für euch als in Lindenhof, weil ihr hier mehr üben könnt. Wer Lust hat, soll sich bei Helga Friedrich in der sechsten Klasse melden."

Aus der Vierten hatte keine Lust – außer Hella Lampert natürlich. Aber die war sowieso vorgemerkt. Daß Marianne sich im stillen vornahm, oft Klavier zu spielen, das sagte sie nur ihrer Freundin Carla. Die anderen hatten längst vergessen, wie sehr Marianne die Musik liebte. Protzen wollte sie nicht, gerade weil Hella so hochmütig tat.

Zum Schluß ihrer Ansprache erklärte Fräulein Theobald: „Eines sage ich euch sehr eindringlich: Alles, was zum Burggelände gehört, ist für euch verbotenes Land. Verstanden? Ich hoffe, daß wir euch eines Tages unter sachkundiger Führung alles zeigen können. Bis dahin müßt ihr warten. Ihr wißt, wir lassen euch viel Freiheit. Aber hierin müssen wir unerbittlich sein. Wir werden aufpassen wie die Luchse."

„Ist ja hoch interessant", sagte Bobby abends beim Schlafengehen zu Carlotta und Jenni. „Anscheinend ist es gefährlich. Aber das kriegen wir schon heraus."

Von den Neuen erfuhren sie wenig über die Burg.

„Die hat immer hier gestanden, wir finden nichts Besonderes an ihr", erzählte Erna Helldorf achselzuckend. „Ab und zu kommen Fremde und lassen sich führen. Die Burg soll einmal sehr berühmt gewesen sein."

„Na ja, ihr findet gewiß eure Musik interessanter", antwortete Hilda. „Warum seid ihr eigentlich nicht mitgereist? Wart ihr auch krank – so wie Hella?"

„Du bist auf dem Holzweg", rief Tilly Wilk. „Wir sind keine Genies wie die anderen, wir vier – denn Karolin und Margit gehören auch zu uns."

„Wieso geht ihr dann in diese Schule?"

„Weil unsere Eltern es einfacher finden. Sonst müßten wir mit dem Bus in die Stadt fahren."

„Und wie ist es ... ich meine: in eurer Schule?" erkundigte sich Jenni.

„Ach, ganz nett", versicherte Tilly.

„Wenn bloß nicht so schrecklich viel Musik gemacht würde!" stöhnte Erna. „Ich verstehe wenig davon. Anstandshalber spiele ich ein bißchen Flöte, aber meistens falsch."

Die anderen lachten. „Bei uns passiert in dieser Beziehung auch nichts. Wer will, kann Stunden nehmen, und wer nicht mag, läßt es bleiben. Bloß singen müssen alle."

„Ich singe gern", versicherte Erna, „und gewiß nicht falsch."

„Ihr müßt uns mal zu Hause besuchen", sagte Tilly. „Reitet ihr? Wir haben zwei Pferde."

„Das erzähle Carlotta, der Dunklen dort hinten mit den Lokken. Sie ist eine begeisterte Reiterin."

Margit Köcher war schon nach Hause gegangen. Doch Karolin Buchner stand still daneben. Sie hörte zu, was die anderen redeten, und blickte zu den Zwillingen hinüber. Zwei Schwestern – und eine sah aus wie die andere, und beide gaben sich lustig und lebhaft! Karolin seufzte. Sie war das einzige Kind und lebte allein mit ihrer Mutter. Ihr Vater war schon lange tot.

Als sie im Klassenzimmer ihre Plätze aussuchten, setzte sich Karolin auf die Bank hinter den Zwillingen. Sie zeigte ihnen auch den richtigen Weg, wenn sie in den ersten Tagen manchmal im Gebäude herumirrten. Auch nachmittags versuchte sie in ihrer Nähe zu bleiben. Das fiel nicht bloß den Zwillingen auf, sondern auch den übrigen. Karolin machte einen braven Eindruck. Sie paßte überhaupt nicht zu den übermütigen Schwestern. Eines Tages lud sie beide zu sich nach Hause ein.

„Kinder, ist das aber fein bei Karolin!" erzählten sie später den anderen. „Ihre Mutter scheint sehr reich zu sein, aber ängstlich! Sie hat sich gleich erkundigt, was für einen Sport wir treiben und ob wir dabei nicht überanstrengt würden. Karolin saß verlegen daneben. Ich glaube, sie wäre viel lieber nur halb so brav."

„Da kann ihr geholfen werden", sagte Bobby grinsend. „Von jetzt ab werden wir Karolin immer mitnehmen, wenn wir etwas anstellen."

„Wir stellen leider bloß nichts an", meinte Jenni. „Nun sind wir schon drei Tage hier und brav wie die Lämmer."

„Warte es ab, wir kommen schon wieder in Schwung!"

Gespenster gibt es auch?

Die Burgschule hatte ihre Räume im unteren Schloß. Die Klassenzimmer waren modern eingerichtet – mit Pulten und Stühlen wie in anderen Schulen. Doch auf den Fluren standen hier und dort uralte Schränke und große Truhen. Was darin wohl sein mochte?

Heimlich versuchte das eine oder andere Mädchen aus Lindenhof manchmal, die Türen und Deckel aufzustemmen.

„Da kannst du dich lange plagen", rief ein „Musikmädchen" aus einer höheren Klasse, als sie Jenni bei einem solchen Versuch erwischte. Jenni bekam einen roten Kopf und erzählte niemand von dieser Begegnung.

„Da kannst du dich lange plagen, diese Truhe geht niemals auf“, erklärte ein „Musikmädchen“ schadenfroh

Die andern waren aber genauso neugierig. Sie schlichen in die schmalen Gänge, die an den beiden Seiten des Baues zu verschlossenen Türen führten, und rüttelten an den Klinken. Vergeblich! Sie gingen nicht auf.

„Diese Gänge führen bestimmt zu den Ecktürmen an der einen Burgseite“, erklärte Hanni den anderen. „Dahinter ist gewiß etwas versteckt.“

„Ja, da wird eine weiße Dame wohnen“, sagte Bobby grinsend. „Jede anständige Burg hat doch ein paar Gespenster, und weiße Damen sind besonders gefragt.“

„Da müssen wir gut aufpassen, daß wir sie einmal treffen“, rief Carlotta übermütig.

Aber ein paar blieben still, und Elli sah richtig erschrocken aus. Ob an Gespenstergeschichten nicht doch etwas Wahres war?

Diese Frage stellte Bobby eines Tages laut in der Französischstunde. Sie hatten bei Mamsell eine Geschichte von einer alten Burg in Frankreich übersetzen müssen. Natürlich waren ein paar nicht gut vorbereitet.

„Ihr schrecklichen Mädchen“, jammerte Mamsell. „Ihr seid noch genauso faul wie früher! Ich werde euch bestrafen. So eine schöne Sage aus meinem Vaterland interessiert euch nicht.“

„Doch, Mamsell“, betonte Hilda schnell. „Sie interessiert uns sogar sehr. Wir haben gestern schon gesagt: Das alles ist ein bißchen wie in Funkelstein.“

„Wie hier?“ Mamsell sah Hilda erschrocken an. „Mit den Gespenstern?“

„Freilich!“ Bobby hatte zwar beim Übersetzen auch sehr gestottert, aber nun wurde sie übermütig. „Wir wohnen doch auch in einer Raubritterburg. Da haben gewiß viele Gefangene in den Verliesen gelegen und sind elend umgekommen. Weshalb sollte es da keine Gespenster geben?“

„Mon Dieu!“ Mamsell hatte vorher heftig geredet und war wütend im Klassenzimmer umhergerannt. Nun saß sie sehr kleinlaut und regungslos vor ihrem Pult. „Das habe ich nicht gewußt. Warum hat Fräulein Theobald nichts davon gesagt?“

Ein paar Mädchen kicherten bei dem Gedanken, daß Fräulein Theobald vielleicht die Lehrerinnen vor Gespenstern warnen würde. Carla sagte: „Das ist doch bloß Gerede, kein Mensch glaubt daran.“

Aber Mamsell war zutiefst erschrocken. „Man weiß das nie. Ich habe schon Geschichten gehört ...“ Und sie fing eine schauerliche Erzählung an, wie in einem Haus immer wieder eine alte Frau gesehen wurde, die bei Lebzeiten aus Geiz jeden Bettler mit Hunden verjagt hatte und deshalb nach ihrem Tod keine Ruhe fand.

„Erzählen Sie das lieber niemandem, Mamsell“, riet Nanni. „An Gespenster glaubt keiner, und Sie werden bloß ausgelacht.“

Und Hanni setzte hinzu: „Sonst wären doch diese Musikfritzen nie hiergeblieben, diese Künstler!“

Hella hatte bis dahin ein bißchen verächtlich über das viele Gerede gelächelt. Doch nun war sie wütend. „Musikfritzen!“ hatte Hanni gesagt, das sollte sie büßen! Eine Gelegenheit fand sich bestimmt. Musikfritzen! Frechheit!

Hanni ahnte nicht, was sie mit ihrer unbedachten Äußerung angerichtet hatte. Hella sprach wenig mit den Mädchen aus Lindenhof. Sie hielt sich lieber an die Mädchen ihrer Schule, die auch zu Hause geblieben waren.

„Man kommt sich fast nur geduldet vor“, hatte sich Thilde aus der zweiten Klasse einmal geäußert, weil sie sich über einige Lindenhof-Mädchen geärgert hatte. Die hatten Pläne für ein Schulfest geschmiedet und dabei sorglos über die Räume im Schloß verfügt. Durch solche Dinge wurden die Mädchen aus der Funkelsteiner Schule allmählich wütend, und sie steigerten sich durch gegenseitige Klagen immer weiter in ihren Ärger hinein.

So fiel Hellas Bericht auf fruchtbaren Boden. „Gut, daß wir wissen, wie man uns nennt", sagte Thilde. „Na, die Musikfritzen werden es den Kunstbanausen schon zeigen."

„Vorsichtig aber", warnte Elsa, „wir müssen alles sorgfältig planen."

Für die Lindenhofer bedeutete es einen Nachteil, daß die Schülerinnen aus dem Dorf, Karolin und Tilly, keine Verbindung zu den Musikfans hatten. Sonst wären sie gewiß gewarnt worden. Doch so blieben sie ahnungslos.

Hanni und Nanni hatten gleich nach der Ankunft das kleine Haus mit dem Laden entdeckt, das sich in einer Ecke des Burghofs an den Felsen schmiegte.

Dort wohnte der Hausmeister von Funkelstein mit seiner jungen Frau und seiner Mutter. Die Mutter führte den kleinen Laden. Sie verkaufte an die Musikschüler und nun auch an die Lindenhofer alles, was sie täglich brauchten: Hefte, Kugelschreiber und Farbstifte, Geigensaiten und Notenpapier, aber auch Schokolade und andere Leckereien, außerdem an gelegentliche Besucher Ansichtskarten und Reiseandenken.

Hofmanns waren nette Leute. Frau Hofmann führte die Küche. Fräulein Theobald war das sehr recht; so konnte sie die Hausmutter zurück nach Lindenhof schicken, um die Bauarbeiten zu beaufsichtigen. Das Ehepaar hatte im Schloß genug zu tun. Die alte Frau Hofmann hielt fürs Leben gern ein Schwätzchen. Nun freute sie sich über die vielen neuen Gäste.

„Wer bist denn du, die Hanni oder die Nanni?" fragte sie jedesmal, wenn eine von den Schwestern allein erschien. „Daß euch jemand auseinanderhalten kann, das versteh ein anderer!"

Sie ließ die Mädchen in ihren Sachen herumsuchen. Dabei machte Jenni eines Tages eine großartige Entdeckung: „Burg Funkelstein. Ein Führer durch seine Schloßanlagen, seine Geschichte und Sagen."

„Heute abend Treffen im Schloßhof hinten bei Hofmanns Haus“, sagte sie zu den Freundinnen aus Lindenhof.

Triumphierend schwenkte sie das Heft, als später alle versammelt waren.

„Zeig mal!“

„Ist das eine Beschreibung der Burg?“

„Was ist mit der weißen Frau?“

Alle wollten das Heft anschauen, und Jenni versprach: „Ich leihe es euch gern. Und wer gar zu neugierig ist, braucht nur morgen selber eins zu kaufen.“

Sie erzählte aber gleich begeistert: „Nein, Bobby, mit der weißen Frau ist es nichts. Aber ein ähnliches Gespenst soll es geben, ein junges Mädchen in einem grünschillernden Kleid, das sich oben vom Felsen gestürzt hat. Und ein Ritter geht um, den seine eigenen Brüder ins Gefängnis geworfen hatten, weil er ihre Grausamkeiten nicht schätzte. Er soll gewaltig mit seinen Ketten rasseln.“

„Au fein“, rief die unverbesserliche Bobby, „Kettenrasseln läßt sich leicht nachmachen. Morgen besuche ich Erna Helldorf. Deren Vater ist doch Schmied. Sicher liegen in seiner Werkstatt Ketten herum.“

„Willst du denn gespenstern?“ fragte Carla erschrocken.

„Na, so eine gute Gelegenheit werden wir uns doch nicht entgehen lassen“, antwortete Jenni an Bobbys Stelle. „Wir müssen richtige Rollen verteilen.“

Es traf sich gut, daß die Schulleitung für die einzelnen Klassen Burgbesichtigungen ansetzte.

„Endlich“, rief Marianne, als Fräulein Jenks ihnen das verkündete.

„Fein!“ schrie Bobby.

„Interessierst du dich neuerdings für Geschichte, Bobby?“ fragte die Lehrerin.

„Sehr!" Bobby nickte nachdrücklich mit dem Kopf. „Geschichte wirkt hier so . . . so . . ."

„. . . anschaulich", half Hilda.

„Ja, das meine ich."

„Nun, da werde ich dich in Geschichte besonders gern drannehmen", versicherte Fräulein Jenks, und das war eigentlich gar nicht in Bobbys Sinn.

Die Vierte wanderte mit Fräulein Jenks durch die drei Abschnitte von Funkelstein. Herr Hofmann machte die Führung. Die Oberburg erreichten sie auf einem Seitenweg, der aus Stufen bestand und vom Buschwerk völlig verdeckt wurde. Oben gab es nur noch wenige Mauern, zwischen denen Unkraut wucherte. Der Burgfried, ein fester runder Turm, schien gut erhalten zu sein. Hinaufsteigen konnten sie aber nicht.

Doch dann ging es zum Felsenschloß, und das war viel interessanter. Als Herr Hofmann die dicke Eichentür öffnete, die das Oberschloß von der Felsenburg trennte, quietschten die Türangeln jämmerlich. Vor ihnen lag tiefste Finsternis.

„Halt", rief Herr Hofmann. „Hier liegen Laternen und Taschenlampen. Jeder nimmt sich eine, und dann steigt vorsichtig die Treppe hinunter. Es ist eine Wendeltreppe mit dreißig Stufen. Zählt bitte! Ich gehe voran. Fräulein Jenks, bitte bleiben Sie am Ende. Haltet euch mit der einen Hand am Drahtseil fest, und steigt langsam von Stufe zu Stufe."

Wahrscheinlich war die Lehrerin froh, als alle endlich wieder auf festem Boden standen. Herr Hofmann zündete Pechfackeln an, die an den Wänden befestigt waren und einen riesigen Raum beleuchteten. An einer Seite kam durch die offenen Fensterluken Tageslicht herein.

„Sieben solcher Räume gibt es", erzählte der Hausmeister. „Sie sind alle in den Felsen hineingehauen und liegen in drei Stockwerken. Wir müssen also noch zweimal eine Wendeltreppe hinuntergehen."

„Waren das alles Wohnräume?“ fragte ein Mädchen.

„Du meinst, eine Siebenzimmerwohnung?“ fragte Herr Hofmann. „Nein, so komfortabel wohnten die Ritter nicht. In den verschiedenen Räumen waren zum Beispiel eine Waffenschmiede, eine Küche und sogar eine Folterkammer untergebracht. Die hat allerdings keine Fenster.“

Huh, das klang ja furchterregend.

„Und die Gefängnisse?“ fragte Bobby.

„Verliese gibt es auch. Doch die liegen tiefer. Die Gefangenen wurden einfach hinuntergestoßen. Auch einen Brunnenschacht hatte man bis zum Fluß gebaut. Man spricht sogar von einem geheimen Gang, der aber nicht mehr zu finden ist.“

„Modrig riecht es hier.“ Carlotta rümpfte die Nase. „Roch es hier immer so abscheulich?“

„Bestimmt. Es gab ja keine Lüftung.“

„Und wie wurde geheizt?“

„Mit Holz wahrscheinlich, aber ohne einen richtigen Kamin. Da wurden die schönen Ritterdamen sicherlich fast selbst geräuchert“, meinte Herr Hofmann lachend. „Gefroren haben sie vermutlich trotzdem.“

Als sie sich überall umschauten, ermahnte er sie: „Ihr dürft bloß nicht zu nahe an die Fensteröffnungen gehen. Über die Seile, die davor gespannt sind, soll sich keine wagen. Dort wird der Boden nämlich rutschig, und wir sind hier noch ziemlich hoch. Ein Sturz von hier aus ist bestimmt kein großes Vergnügen.“

Sie blieben alle in gehöriger Entfernung stehen. Aber Bobby und Jenni flüsterten eifrig miteinander.

„Wenn man da einen grünen Stoff an einem Stock befestigt, kann man ihn leicht zum Fenster hinausflattern lassen“, sagten sie später zu Carlotta, als sie sich wieder in ihrem Schlafzimmer befanden. „Man muß bloß erst in den Höhlenteil hineinklettern.“

„Kein Problem“, meinte Carlotta.

Der untere Teil von Funkelstein war also das Schloß, in dem sie selber wohnten. Doch diesmal wurden auch die verschlossenen Türen geöffnet. In den Räumen dahinter sahen sie alles mögliche aufgestapelt: Tische, Stühle, Bilder. An den Wänden lehnten alte Fahnen, sogar zwei Ritterrüstungen standen da.

„In den Schränken werden Urkunden über Funkelstein aufbewahrt", erzählte Herr Hofmann, „in manchen auch alte Kleider. In den Truhen liegen Vorhänge und Teppiche. Das ist alles abgesperrt."

Sie gelangten sogar in einen der Ecktürme. Wie sie es sich gedacht hatten: Die schmalen Gänge führten dorthin. Aber das Turmzimmer, das sie betraten, enttäuschte sie. Fast leer wirkte es, und völlig verstaubt. Von den Wänden hingen modrige Tapeten.

Nur eine Beobachtung machte Hanni, als sie durch den Gang zurückwanderten: Eine Diele knarrte fürchterlich, und Elli sah sich gleich erschrocken um. Diese Diele wollte Hanni sich merken. Vielleicht steckte etwas Interessantes dahinter.

„Warst du eigentlich schon in der Schmiede?" fragte Carla beim Abendessen Bobby, die sich zufällig an ihre Seite setzte.

„Aber ja", beteuerte Bobby, „Ketten kriege ich jede Menge."

In den nächsten Tagen fanden sie wenig Zeit, um Pläne für ihre Gespenstervorstellung zu schmieden. Nach dem Eingewöhnen ging der Schulbetrieb wieder richtig los. Sie mußten viel arbeiten. Doris hatte besonders unter Mamsells Wutausbrüchen zu leiden, weil sie so ziemlich alles vergessen hatte, was sie mit Hilfe ihrer Freundin Petra vor den Ferien sich mühselig eingepaukt hatte.

Aber auch für die meisten anderen hagelte es Strafarbeiten. Die Neuen, wenigstens die Mädchen aus dem Dorf, waren ebenfalls keine Leuchten. Mamsell rang die Hände über soviel Unverstand. Doch Hella konnte wundervoll Französisch sprechen. Als sie der Lehrerin zum erstenmal fließend mit einem französischen Satz antwortete, starrte Mamsell ihre Schülerin an. „Bist du aus Frankreich?“ fragte sie.

Hella schüttelte den Kopf. „Mon Dieu“, sagte sie, „ich habe von klein auf viel Französisch reden müssen. Meine Mutter wollte es. Und ein Kunststück ist es ja wirklich nicht.“

Die Klasse war wieder ganz anderer Meinung als Hella.

Doch Französisch war nicht das einzige Fach, für das sie sich gründlich vorbereiten mußten. Deutsch- und Englisch-Arbeiten wurden geschrieben, und die Rechenaufgaben waren auch schwer. In allen naturkundlichen Stunden, auch in Geschichte und Erdkunde, verlangten die Lehrer mehr als vorher.

„Ihr seid nun in der vierten Klasse“, hieß es, wenn sie über die vielen Hausaufgaben stöhnten, „da ist der Lehrstoff größer.“

In Erdkunde wurden sie von der Direktorin selber unterrichtet. Vor ihr hatten sie alle großen Respekt, und sie nahmen sich in ihren Stunden zusammen. Aber Fräulein Theobald fing ihren Unterricht interessant an. „Wißt ihr eigentlich“, so fragte sie in der ersten Stunde, „wo die Burgschule, bei der wir zu Gast sind, herumreist? Hella, zeig es der Klasse einmal.“

Und nun erklärte Hella auf der Landkarte von Skandinavien, in welche schwedischen und norwegischen Städte die Jungen und Mädchen reisen wollten. Fräulein Theobald erzählte ihnen dann interessante Einzelheiten über das betreffende Land, zeigte Dias von den langen, tiefen Fjorden, von den riesigen Seen, den hohen Bergen und den schönen Städten. Da war es nicht schwer, an der Erdkunde-Stunde Spaß zu bekommen.

„Ein Glück haben deine Freunde“, sagte Hilda zu Hella. „Eine solche Reise ist doch ein großes Erlebnis.“

„Hast du eine Ahnung, was sie vorher geschuftet haben“, antwortete Hella, „aber davon versteht ihr alle nichts“, und sie ging aus dem Zimmer, ohne sich weiter nach Hilda umzuschauen.

„Was die sich einbildet!“ knurrte Marianne.

Erster Probe-Spuk

„Hanni, hallo, Hanni, höre doch!“ Ein Mädchen lief hinter der einen von den Zwillingsschwestern her. Es war Nanni, aber das machte nichts.

„Was willst du denn?“ fragte sie die Jüngere. „Bist du nicht Dorle Schmidt aus der Zweiten?“

„Bin ich.“ Die Kleine machte einen halben Knicks. „Und ich wollte dich etwas fragen.“

„Schieß los!“

„Bei uns ist ein Mädchen, das erst Ostern in unsere Klasse kam. Wir kennen sie nicht besonders, aber sie hat auch keine richtige Freundin gefunden.“

„Warum nicht?“

„Ich weiß nicht recht. Sie ist ein bißchen komisch – furchtbar fleißig und sehr brav. ‚Ehrpusselig‘, sagt Lilo. Lilo hat immer so drollige Ausdrücke. Bei keinem einzigen Streich hat sie mitgemacht, und wir haben viele angestellt. Aber jetzt petzt sie. Was können wir dagegen tun? Weißt du nichts?“

„Petzen ist dumm. Wer hat gepetzt, Dorle?“ Hanni hatte ihre Schwester mit Dorle reden sehen und war dazugetreten.

„Guten Morgen, Nanni“, sagte Dorle.

„Das ist Hanni – ich bin Nanni!“

„Ach so, deshalb wußtest du auch nicht genau, wer ich bin. Hanni kennt mich nämlich.“

„Anscheinend sogar besser als du sie, wenn du uns verwechselst.“ Nanni lachte. „Aber nun erzähle noch mal von eurer Petzliese. Wie heißt sie eigentlich?“

„Ursel Hoschke. Stell dir vor, Hanni, wir haben neulich abends versucht, in das Felsenschloß zu klettern. Hinter Hofmanns Haus steht nämlich eine Leiter, die bis zum ersten Fensterloch reicht. Annelie und ich waren schon oben, und zwei standen noch unten. Da hat Ursel uns gesehen und doch wahrhaftig Fräulein Roberts geholt! Wir mußten wieder absteigen und haben eine große Strafarbeit aufgebrummt bekommen. Einen Aufsatz über Raubritter und Geschichtszahlen lernen über die deutschen Kaiser, angefangen bei Karl dem Großen."

Die Zwillinge lachten. Aber allerhand – dachte jede –, daß die Kleinen so etwas unternehmen! Warum hatte Ursel Hoschke nur gepetzt? „Wir werden darüber nachdenken", sagte Hanni, „und euch Bescheid geben, was wir euch vorschlagen."

Zwei Tage später huschten gegen Abend in der Dämmerung zwei helle Gestalten durch den Gang, an dem Ursel Hoschkes Zimmer lag. Ursel wohnte mit zwei anderen zusammen, und das waren ausgerechnet zwei richtige Angsthasen. Doch das ahnte vorher niemand. Die beiden ,erschraken furchtbar, als sie die Gestalten im Nebenzimmer verschwinden sahen.

Dort erhob sich sofort großes Jammern, das durch die Türen zu hören war. Dazwischen klang es aber auch wie Kichern. Klar! In diesem Zimmer wartete Dorle schon auf diese Gespenster. Ihre beiden Freundinnen waren auch vorbereitet und jammerten zum Schein. Die Gespenster blieben nur kurz dort und öffneten dann die Tür zu Ursels Raum. Mit hohen Stimmen sangen sie zweimal: „'naufgstiegn – runtergfalln!" und verschwanden.

„Nichts übertreiben!" sagten die Zwillinge, als sie wieder bei Dorle standen und vorsichtig die Gardinen ablösten, die Tilly ihnen heimlich gebracht hatte. Niemand ertappte sie bei ihrer Tätigkeit. Aber Ursels Zimmerkameradinnen erzählten am andern Morgen überall von den zwei echten Gespenstern und ihrem merkwürdigen Singen. Ursel selber sagte nichts. Den Zwillingen, die sie natürlich genauer betrachteten, schien es, als hätte sie geweint. Ihre Augen wirkten so merkwürdig rot und geschwollen. Sie beschlossen, der Sache auf den Grund zu gehen.

Inzwischen aber gespensterte es von neuem. Mamsell war das nächste Opfer. In der vierten Klasse hatte es während der Französisch-Stunde wieder Ärger gegeben. Diesmal hatten die Schülerinnen eigentlich kaum schuld. Mamsell hatte sich einfach geirrt, als sie ihnen ein Diktat gab, das für die Fünfte bestimmt sein sollte. Sie kannten viele Wörter nicht und konnten den Sinn mancher Sätze gar nicht durchschauen. Die Arbeit wurde ein großer Reinfall.

„Eine Katastrophe!" rief Mamsell, als sie ihnen die Hefte zurückgab. Sogar Hella hatte ein paar Fehler. Bei den übrigen war fast mehr rote als blaue Tinte auf den beiden Seiten.

Hilda versuchte in ihrer ruhigen Art, der Lehrerin klarzumachen, daß die Arbeit einfach zu schwer gewesen sei. Mamsell verstand sie nicht – oder wollte sie nicht verstehen. Es war nicht mit ihr zu reden.

Wenn es nun bloß beim Schelten geblieben wäre! An Zeugnisnoten dachte ja vorläufig niemand, und durch Mamsells Wutausbrüche ließ sich kaum jemand die Laune verderben. Aber sie bekamen eine Strafarbeit. Mamsell hatte sich etwas Besonderes ausgedacht: Wer bis zu fünf Fehlern hatte, mußte das Diktat fehlerfrei abschreiben. Hella war die einzige, die so bestraft wurde. Bis zu zehn Fehlern – so bei Nanni, Petra, Hilda und Carla – mußte die Arbeit abgeschrieben und alle falschen Wörter oder Formen dreimal extra aufgeführt werden. Alle andern aber hatten zusätzlich sämtliche verbesserten Wörter in allen Formen aufzuschreiben: in der Gegenwart, Vergangenheit, Zukunft ... Es war wirklich schlimm. Sie konnten noch nicht einmal voneinander abschreiben, weil jede andere Fehler gemacht hatte. Sie stöhnten und schimpften, sie jammerten und bettelten – Mamsell blieb hart. Da schworen sie Rache.

„Das grüne Fräulein von Funkelstein", flüsterten Hanni und Nanni und zeigten auf ein Blatt, das sie vor Mamsells Zimmertür legen wollten, als hätte es jemand zufällig verloren.

Es war eine rührende Geschichte von einem braven jungen Mädchen, das auf der Burg gefangengehalten wurde und sich eines Tages verzweifelt den Felsen hinunterstürzte. „Heute noch zeigt sich das Fräulein in einem grünen Schleiergewand, damit der Schuldige in sich geht, der jemanden ungerecht bestraft hat!" So lautete der Schlußsatz. Bobby, Jenni und die Zwillinge hatten die rührende Geschichte verfaßt.

Carlotta wollte in die Felsenburg steigen und eine hellgrüne Kaffeedecke aus einem Fensterloch wehen lassen. Den anderen aus der Klasse sagten sie nichts von ihrem Plan. Ihre Sorge war nur, wie sie Mamsell auf den Burghof locken konnten, wenn nie-

„Das wird eine tolle Gruselgeschichte für Mamsell!" Begeistert tippte Hanni auf der Maschine

mand anders sich dort aufhielt. Das ging zuerst gar nicht glatt. Aber dann überlegte Jenni, daß Mamsell ja im oberen Stockwerk die Aufsicht hatte. Sie machte also nach dem Schlafengehen die Runde. Bis zehn Uhr würde es sicherlich noch hell sein, jetzt bei Vollmond. So schmuggelten die Zwillinge also nach dem Abendessen den Zettel an seinen Platz, und Carlotta turnte kurz nach neun mit ihrer Taschenlampe, einem langen Stock und der Kaffeedecke in das unterste Geschoß des Felsenschlosses. Die anderen Eingeweihten warteten die Ereignisse ab.

„Der Zettel ist weg“, flüsterte Jenni Bobby zu. Ob Mamsell ihn gründlich studierte? Schade, daß sie abends nicht bei ihnen hineinschaute. Sie öffnete selten die Tür.

Da . . .! War das nicht ein Schrei? Eine Tür wurde zugeschmettert. Eilig stapfte jemand die Treppe herunter . . . und da hörte man schon Stimmen. „Sind Sie das, Mamsell? Was haben Sie denn?“

Jenni schlich zur Tür, öffnete sie vorsichtig und lauschte. Bobby stand unterdessen am Fenster im Gemeinschaftsraum, um Carlotta hereinzulassen, sobald sie auftauchte.

„Das Fräulein . . .“, jammerte Mamsell draußen auf dem Gang. „Das grüne Fräulein!“

Anscheinend begriff niemand, was sie meinte. Sie redete weiter, doch niemand schien daraus klug zu werden. Wenn nur Carlotta . . .! Da! Bobby öffnete das Fenster und half der Freundin ins Zimmer. „Schnell ins Bett!“ sagte sie. „Und verstecke die Decke.“

Jenni verließ ihren Lauschposten, schlüpfte ebenfalls ins Bett und hörte sich Carlottas Bericht an.

„Direkt dem Flurfenster gegenüber stand ich“, erzählte Carlotta, „und konnte gut ins Haus sehen, weil die Flurlampen brannten. Als Mamsell dort entlangging, habe ich gewartet, bis sie ganz vorn stand, und dann ein paarmal schnell mit der Lampe geblinkt. Sie kam tatsächlich ans Fenster und sah zu mir herüber.

Darauf hatte ich bloß gewartet und habe nun den Stock mit der Decke kräftig geschwenkt. Gute Augen hat Mamsellchen ja nicht. So wird sie schwerlich gemerkt haben, daß dem Gespenst ein Kopf fehlte. Ich konnte erkennen, daß sie sich mit der Hand über die Augen strich und dann schleunigst weglief."

Sie lachten erst einmal tüchtig, dann erzählte Jenni, was sie gehört hatte.

Draußen war es inzwischen wieder still geworden. Weil sie sich aber nicht sicher fühlten, ob nicht manche Lehrerin einen Streich vermutete und aufpaßte, sagten sie leise gute Nacht und schliefen wirklich schnell ein.

Hanni und Nanni hatten den Lärm draußen auch gehört. Wegen ihrer Kusine Elli ließen sie sich aber nichts anmerken. Elli schlief tief und fest und hörte wie die meisten erst am Morgen von der Geschichte.

Hanni und Nanni lächelten ihren Verbündeten zu. Elli aber erschrak nachträglich furchtbar, und ein paar andere ebenso.

Mamsell machte eine sorgenvolle Miene. Sie erzählte von einem blassen Mädchen, das in einem Höhlenfenster getanzt hatte. „Ich verstehe bloß nicht, daß sie gerade mir erschien. Ich war doch nicht ungerecht wie die Menschen, denen sie sich zeigt."

Hilda warf einen mißtrauischen Blick zu den Zwillingen, die ihr vergnügt zuzwinkerten. Doch niemand aus der Klasse machte die Lehrerin aufmerksam, wie ungerecht sie zu ihnen gewesen war. Sonst wäre sie vielleicht doch auf bestimmte Gedanken gekommen. Die ganz Schlauen beschlossen bloß, es mit den Strafarbeiten nicht so genau zu nehmen. Sie rechneten richtig: Mamsell zeigte sich mild.

Karolin schlängelte sich an die Zwillinge heran. „Hat eine von euch das grüne Fräulein gespielt?" fragte sie und lächelte vergnügt.

„Karolin, wie kommst du darauf?" fragte Hanni beinahe erschrocken. „Nein, wir waren es nicht."

„Ach, ich dachte bloß. Und ich wollte euch noch andere Tips geben. In der Burgschule zettelten sie manchmal auch solche Sachen an, besonders für Neue."

„So?" Die Zwillinge horchten auf. Also schienen die Buben und Mädchen von Funkelstein nicht bloß aus Musikbegeisterung zu bestehen, sondern auch handfeste Dummheiten zu machen! „Erzähle mal, Karolin!"

„Da gibt es einen regelrechten Feuerzauber. Ein paar von den Jungen sind Fachleute darin. Sie verstehen es, sich selber Fackeln zu basteln, so ähnlich wie Wunderkerzen zu Weihnachten, nur viel größer. Sie verspritzen das Licht förmlich. Die Buben stellen sich meist auf der Oberburg auf, schwenken die Dinger und lassen sie dann an Luftballons hinunter. Die Ballons steigen nicht, weil sie ja beschwert sind, aber sie bremsen den Fall. Meist platzen sie unterwegs. Andere Buben machen dazu einen Höllenspektakel auf Kämmen, über die sie Seidenpapier gelegt haben."

„Na, so viel Lärm kann das unmöglich machen!"

„Doch! Wenn fünf oder sechs solche Musikanten im Burghof stehen, dann hört sich das ganz kräftig an."

„Was sagen eure Lehrer dazu? Oder merken die es nicht?"

Karolin lachte. „Unsere Lehrer sind jung. Ich glaube, solche Dummheiten würden die am liebsten selber mitmachen."

„Aber glauben denn welche von euch an den Unsinn?"

„Das ist es ja gerade", sagte Karolin. „Den Feuerzauber gibt es immer, wenn Neue in der Schule sind. Darunter finden sich meist ein paar Angsthasen."

„Großartig!" rief Hanni. „Ich glaube, auch unter uns gibt es eine ganze Reihe, die im stillen an Gespenster glauben und sich fürchten. Machst du mit, wenn wir etwas in Szene setzen, Karolin?"

„Aber gern. Nur Mutti darf nichts erfahren."

Die Zwillinge berichteten den anderen von diesem Gespräch und erklärten: „Jetzt werden also Pläne fürs Gespensterspielen gesammelt. Nächste Woche besprechen wir alles. Jenni, schreib deinem Bruder, der hat doch immer geniale Einfälle für allerlei Streiche!"

Sie ahnten nicht, daß ein paar Zimmer weiter eine ähnliche Zusammenkunft stattfand. Nur hieß es dort am Schluß: „Denen werden wir die ‚Musikfritzen' schon austreiben!"

Dreimal Zwillinge

Karolins Mutter fuhr in die Stadt. „Lade dir für den Nachmittag die Zwillinge ein", sagte sie zu Karolin. „Dann hast du nette Gesellschaft." Sie ahnte aber nicht, daß ihre Tochter mit den Gästen den Hausboden durchsuchen würde.

Dort standen ein paar bemalte Truhen. Darin fanden sie nicht bloß alte Leinentücher, sondern vor allem drei wunderliche Hauben.

„Die sind noch von meinem Großvater", erklärte Karolin kichernd. „Er war Imker und zog diese Dinger über den Kopf, wenn er in sein Bienenhaus ging. Ich weiß noch genau, wie ich mich gefürchtet habe, sobald er in seinem Imkerdreß auftauchte: ein langer weißer Kittel, der fast bis zur Erde reichte, und dann dieser komische Hut mit einem dichten Schleier vor dem Gesicht. ‚Vater, du bist ein richtiges Schloßgespenst', rief Mutter einmal. Seitdem habe ich mir ein Schloßgespenst immer so ähnlich vorgestellt wie unseren guten alten Opa."

Sie steckten alle Hauben in die große Tasche, die sie vorsorglich mit heraufgebracht hatten. Diese Ausbeute allein hatte sich gelohnt!

„Sag mal, Karolin", fing Nanni an, als sie unten im gemütlichen Wohnzimmer saßen und die Keksdose leer futterten, die Frau Buchner für sie bereitgestellt hatte, „was ist eigentlich mit

Margit Köcher? Ernas Eltern kennen wir. Bobby und Jenni stekken ständig mit ihr zusammen in der Schmiede. Und Carlotta geht oft zu Wilks, weil sie da reiten kann. Marianne ist manchmal auch dabei. Ich vermute sogar, daß sie wegen Carlottas Freundschaft zu Tilly eifersüchtig ist. Doch von Margit wissen wir so gut wie gar nichts. In welchem Haus wohnt sie denn?"

„Ganz am Dorfende. Ihr Vater ist Förster", antwortete Karolin. „Deshalb hängt über der Haustür ein großes Geweih. Ich weiß auch nicht recht, was mit Margit los ist. Früher war sie immer lustig. Jetzt kommt sie mir oft bedrückt vor."

„Wollen wir nicht mal zu ihr gehen?" fragte Hanni, die solche ungeklärten Sachen nicht liebte. „Vielleicht finden wir heraus, was hinter Margits Kummer steckt."

Sie gingen die Dorfstraße hinunter, zum Forsthaus. Schon von weitem sahen sie Margit. Sie arbeitete eifrig im Garten.

„Hallo, Margit", rief Hanni. „Wir wollten mal nach dir sehen."

„Nett von euch", war die Antwort, aber sie klang nicht sonderlich erfreut. Margit sah verlegen aus und guckte wiederholt zum Haus hinüber. Hatte sie Angst, daß die Eltern sie da mit den Freundinnen schwatzen sahen?

„Sollen wir dir helfen?" fragte Nanni. „Dann wirst du eher fertig und kannst uns ein Stück begleiten."

„Nein, nein, danke schön!" Margit winkte ab und schien immer verlegener zu werden.

Na, aufdrängen wollten sie sich nicht. Die drei Besucherinnen verabschiedeten sich und gingen.

„Das sah ganz nach schlechtem Gewissen aus", meinte Hanni, als sie außer Hörweite waren. „Margit wollte uns schnellstens loswerden."

„Die kann lange warten, bis ich wieder mit ihr spreche", setzte Nanni erbost hinzu. Hinterher murmelte sie: „Schade! Ich fand Margit von Anfang an so nett."

Am andern Morgen ging Margit den Zwillingen aus dem Weg. Das tat sie ganz absichtlich. Sie drehte sich um, sobald sie nur in ihre Nähe kam.

„Versteht ihr, was Margit gegen uns hat?" fragten die Schwestern am Nachmittag Bobby und Carlotta, mit denen sie zum Handballspiel auf den Sportplatz gingen, und berichteten ihnen von der sonderbaren Begegnung am Vortag.

Nein – die beiden anderen errieten es auch nicht. Ihnen fiel jetzt erst auf, wie wenig Margit sich den übrigen anschloß ...

Nanni ließ nicht locker, obwohl sie kein Wort mehr mit Margit sprechen wollte. Bei der nächsten Gelegenheit fragte sie Tilly und Erna. Die schienen verwundert. Doch sie gaben zu: „Margit hat sich verändert. Früher war sie viel vergnügter. Wir haben uns immer gegenseitig besucht."

Ich muß ergründen, was Margit hat! dachte Nanni. Sie legte es also darauf an, Margit zu begegnen. Es war das reinste Katz-und-Maus-Spiel: Nanni versuchte ständig, in Margits Nähe zu kommen und das Mädchen in ein Gespräch zu verwickeln. Margit aber wich ihr ebenso prompt ängstlich aus. Eines Tages geriet sie trotzdem in die Falle: Fräulein Theobald hatte gebeten, daß sie die Landkarte nach der Erdkundestunde in das Kartenzimmer zurückbrachte. Nanni folgte ihr und blieb an der Tür des Raumes stehen. „Sag mal, Margit", fing sie an, „ihr habt doch gewiß auch große Landkarten von der Umgebung." Margit nickte. „Zeig sie mir doch mal. Wir möchten gern Bescheid wissen, wo man herumwandern kann."

Bereitwillig suchte Margit eine Karte heraus und rollte sie auseinander. Nanni betrachtete sie eingehend. „Schade, daß man dies Riesending nicht auf Spaziergänge mitnehmen kann", sagte sie bedauernd. „Hofmanns haben keine kleine Karte in ihrem Laden. Ich habe schon gefragt."

„Aber mein Vater hat ...", Margit unterbrach sich plötzlich und wurde flammend rot.

„Er ist Förster, nicht wahr?“ fragte Nanni. „Klar, da wird er am allerbesten Bescheid wissen. Dürfen wir euch mal besuchen, wenn er zu Hause ist?“

„Ich . . . ja . . . ich weiß nicht“, stotterte Margit. „Vielleicht leiht er sie mir. Sie hängt in seinem Arbeitszimmer.“

„Dann ist es doch viel einfacher, wenn ich zu euch komme“, antwortete Nanni erstaunt. „Oder wollen deine Eltern nicht, daß du andere mitbringst?“

„Doch . . . aber . . .“, Margit suchte angestrengt nach einer Ausrede. „Nein, Nanni, es geht nicht.“ Plötzlich fing sie an zu weinen.

„Was ist denn, Margit?“ fragte Nanni erschrocken. Aber da läutete es: Die nächste Unterrichtsstunde begann.

„Wir müssen ins Klassenzimmer“, sagte Margit, wischte die Tränen ab, verschloß die Tür des Kartenraumes und rannte die Treppe hinunter. Nanni folgte ihr.

Von da ab wurde es noch schwieriger, Margit zu sprechen. Nanni berichtete der Schwester von ihrem Mißerfolg.

Hanni hatte einen glänzenden Einfall: „Wir laden Margit mit Karolin und Hilda zusammen für nachmittags in unser Zimmer ein. Fräulein Jenks erlaubt es bestimmt, wenn wir ihr Bescheid sagen. Karolin und Hilda müssen sich dann in letzter Minute entschuldigen. Das verabrede ich mit ihnen.“

„Und Elli?“

„Elli müssen wir auch wegschicken. Vielleicht kann Doris sie einladen – entweder zu den Schulaufgaben oder zu irgendeiner Besprechung. Doris ist ja eine perfekte Schauspielerin. Sie kriegt es schon hin, ohne daß Elli Verdacht schöpft.“

Sie luden also Karolin und Hilda ein, als Margit bei den beiden stand, und fügten hinzu: „Komm auch du bitte mit zu uns, Margit. Du warst noch nie bei uns wie Karolin oder Tilly.“

Arglos sagte Margit zu. Wenn sie zu fünft beisammensaßen, konnte kein verfängliches Thema zur Sprache kommen, dachte sie. Am nächsten Nachmittag klopfte sie gegen vier an die Zimmertür der Zwillinge und wurde herzlich aufgenommen. Fünf Tassen standen auf dem Tisch.

Kurz nach ihr erschien Hilda. Sie blieb an der Tür stehen und rief: „Diesmal ohne mich, Zwillinge. Ich soll Mamsell eine Stunde lang helfen, irgendwelche Dias zu ordnen. Sie will sie uns demnächst zeigen. Ja, so eine arme Klassensprecherin hat es schwer! Und leider kann auch Karolin nicht kommen. Ich traf sie unterwegs, und sie jammerte, weil ihre Mutter ausgerechnet heute mit ihr in die Stadt fahren will. Du mußt uns beide würdig vertreten, Margit! Tschüs!"

Draußen war sie, und Margit sah ihr betreten nach. Was nun kam, war leicht zu erraten.

Zunächst boten die Schwestern ihr wunderbaren Kuchen an. Er stammte aus dem letzten Paket von zu Hause.

Plötzlich fragte Nanni: „Warum hast du neulich geweint, Margit – oben im Kartenraum?"

Margit legte den Löffel, den sie gerade zum Mund führen wollte, wieder auf den Teller. Blutrot im Gesicht, meinte sie nach einer Pause: „Na ja, ihr erfahrt es doch. Da kann ich es genausogut jetzt erzählen. Meine Mutter bekommt bald ein Baby."

„Und?" fragten die Schwestern wie aus einem Mund, als Margit schwieg.

„Man sieht es ihr schon sehr an. Und meine Eltern sind doch eigentlich viel zu alt. Mutti ist schon achtunddreißig. Das ist mir alles furchtbar peinlich."

„Na, weißt du, Margit", rief Nanni, „wenn uns das passierte . . . wenn unsere Mutter noch ein Kind bekäme, dann wären Hanni und ich bestimmt aus dem Häuschen vor Freude. Nicht wahr, Hanni?"

„Bestimmt! Stell dir doch vor, wie lieb solch ein kleines Ding ist, Margit. Du kannst es ja schon mit großziehen helfen, und das ist wundervoll."

„Warum hast du neulich geweint?" fragten die Zwillinge besorgt

„So ähnlich redet meine Mutter auch", sagte Margit leise. „Ist das wirklich eure Meinung?"

„Aber freilich – was denkst du denn? Die andern werden gewiß das gleiche sagen. Du wirst es erleben!"

Mit einem Schlag hatte Margits Gesicht sich verändert. „Manchmal freue ich mich wirklich ein bißchen", gestand sie.

„Und deshalb solltet wir euch nicht besuchen?" fragte Nanni.

„Mutti hat oft schon gedrängt, daß ich euch einlade. Sie hat doch gemerkt, daß bei Tilly und Erna ein paar Neue zu Besuch waren. Und ihr bei Karolin. Kommt ihr nun bald einmal?"

„Bestimmt!" versprachen die Schwestern vergnügt.

Als Margit gegangen war, berichteten sie Hilda kurz darüber. Zu den anderen sagten sie nichts. Doch sie besuchten Margit schon am nächsten Tag.

Ach, war das eine liebe Frau, die Frau Köcher! „Herzlich willkommen!“ rief sie ihnen entgegen. „Margit sollte euch ja längst einmal mitbringen. Laßt euch anschauen: wahrhaftig! Die doppelte Ausgabe von einem Mädchen. Wie halten eure Eltern euch bloß auseinander?“

Es wurde ein fröhlicher Nachmittag, besonders als Margits Vater mit zwei drolligen Dackeln das Haus betrat. Seine dröhnende Baßstimme und das Gekläff der beiden Hunde erfüllten alle Räume.

„Hoi, da haben wir ja die Zwillingsmädchen“, rief Herr Köcher. „Darf ich euch meine Hundezwillinge präsentieren? Piff und Paff heißen sie.“ Er hatte die Tür einen Spalt geöffnet, und die lustigen Kläffer stürmten ins Zimmer – sofort auf die fremden Mädchen los. Minutenlang war die Stube voll Lachen, Lärm und Bellen. Als sich alles beruhigte, saßen die Zwillinge sehr fidel da: Hanni mit Piff und Nanni mit Paff auf dem Schoß. Die Dackelzwillinge ließen sich kraulen und streicheln und hielten sich mucksmäuschenstill.

Von diesem Tag an war Margit einbezogen in den fröhlichen Kreis der Vierten.

Es vergingen keine vierzehn Tage, da fehlte sie in der Schule. Ihre Mutter war in der Nacht ins Krankenhaus gefahren worden. Margit versorgte das Haus. Gegen Abend aber erschien sie im Schloß. Die Zwillinge hockten mit Carlotta auf dem Brunnenrand im Park. Auf sie steuerte Margit los. Sie strahlte übers ganze Gesicht. „Wir haben Zwillinge“, rief sie schon von weitem, „zwei Mädchen, und sie sollen Hanni und Nanni heißen!“

Das war eine tolle Neuigkeit. Andere Mädchen, die den Jubel hörten, kamen dazu, gratulierten Margit und beglückwünschten auch Hanni und Nanni. Die Schwestern waren stolz auf ihre „Patenkinder.“ „Schade, daß wir nicht wirklich Patentanten sein können“, meinte Nanni. „Wären wir nur ein paar Jahre älter!“

„Und was sagt dein Vater zu seinem Dreimäderlhaus?“ fragte Carlotta.

„Dreimäderlhaus!“ Margit tat entrüstet. „Ich habe noch zwei Brüder, den elfjährigen Mucki, der eigentlich Helmut heißt, und den zwölfjährigen Bernd. Sie gehen in der Stadt zur Schule und sind beide dort in einer Pension.“

„Fünf Kinder, wie schön!“ Carlotta, die zu Hause nur mit ihrem Vater und dessen Mutter zusammenlebte, sagte es fast neidisch.

„Zur Taufe dürfen wir doch kommen?“ fragten die Zwillinge.

„Freilich“, antwortete Margit lachend, „als Patentanten natürlich.“ Sie war wie ausgewechselt, übermütig und ausgelassen. „Morgen nimmt Vater mich mit in die Stadt.“

Die Försterzwillinge wurden an einem Sonntag getauft. Der Pfarrer aus dem benachbarten Kirchdorf kam ins Haus. Margit hatte mit Hanni und Nanni zusammen alle Zimmer festlich geschmückt. Ihre Brüder waren natürlich auch heimgekommen und bestaunten die Zwillinge, die kleinen wie die großen.

„Du liebe Zeit“, stöhnte Bernd, „wie sollen wir die beiden später einmal auseinanderhalten? Stellt euch vor, daß eine uns ärgert und wir die verkehrte dafür verprügeln!“

„Och“, meinte Mucki, der Jüngere, seelenruhig, „ich verhaue dann alle beide. So erwische ich bestimmt die richtige.“

„Da will ich bloß hoffen, daß eure Absichten sich mit den Jahren legen“, sagte Frau Köcher. „Immerhin werdet ihr gesetzte Herren sein, wenn die Zwillinge zur Schule kommen.“

Gesetzte Herren! Einstweilen machten die Burschen einen ganz anderen Eindruck, der sommersprossige Mucki mit dem Bürstenschnitt und der helläugige Bernd, dem eine strohblonde Strähne ständig ins Gesicht fiel. Sie sollten eigentlich helfen, den Tisch zu decken. Doch als sie zum zweitenmal erwischt wurden, wie sie schnell einen Kuchenrest in den Mund stopften, jagte der Förster sie ins Freie. „Nehmt Piff und Paff an die Leine, und jagt ein bißchen durchs Gelände, damit ihr vier auch ausgetobt und hernach friedlich seid . . ."

„. . . und ein bißchen Appetit bekommt", ergänzte Mucki, der gewiß nicht auf den Mund gefallen war.

An der Festtafel saßen Hanni und Nanni neben den Buben und staunten über ihren kräftigen Appetit. „Kriegt ihr in der Stadt nicht genug zu essen?" fragte Hanni scheinbar besorgt.

„Meistens schon", versicherte Bernd ernsthaft, „und Mutti gibt uns ja immer noch Kuchen und Wurst mit, wenn wir zwischendurch hungrig sind."

Mucki hatte einen Einfall. Als die vier zusammen mit Margit nach dem Essen einen kleinen Bummel in den Wald machten, schlug er vor, für die neuen Zwillingsgeschwister zwei Bäume zu pflanzen. Er hatte sogar einen winzigen Spaten mitgebracht.

„Du bist gar nicht dumm", lobte Margit. „Ich finde die Idee nett. Was holen wir?"

Mucki war für zwei Eichen, aber das erschien den anderen zu wuchtig für die Babys, die ja nette Mädchen werden sollten.

„Also Birken", meinte Bernd.

Doch sie fanden nur ein paar ruppige Sprößlinge, die von den Mädchen abgelehnt wurden. Schließlich einigten sie sich auf Haselnußsträucher, die sie mit großem Hallo in eine Gartenecke pflanzten.

Später taute Mucki sehr auf. Diese Hanni war doch nett, fand er plötzlich, und er fragte sie: „Kannst du ein Geheimnis für dich behalten?"

„Freilich!"

„Dann muß ich dir etwas zeigen, was im ganzen Haus keiner weiß, nicht einmal Bernd."

Er zog sie auf den Hof und holte aus der Scheune eine kleine Pappschachtel. Behutsam öffnete er sie: Unter Linden-, Buchen-

und Brombeerblättern lagen da ein paar dicke fleischige und zwei große behaarte Raupen. „Die grünen sind vom Schwalbenschwanz", erklärte der Junge, „und die gelben vom Totenkopf. Die haarigen sind vom Brombeerspinner. Die sollen sich alle verpuppen. Dann kriechen im Frühjahr die Schmetterlinge aus."

„Meinst du, das klappt?" fragte Hanni.

„Bestimmt!" Er war davon felsenfest überzeugt. „Aber du darfst es keinem verraten. Ehrenwort?"

„Ehrenwort!"

„Na", empfing Nanni die beiden, als sie wieder ins Haus kamen, „habt ihr noch einen Baum gepflanzt?"

„Ja", antwortete Hanni lachend. „Einen, auf dem Neugierde und Dummheit wachsen. Der ist dann für dich."

Nanni drehte ihr eine lange Nase.

Die erwachsenen Gäste bewunderten natürlich die Zwillingsbabys sehr. Nur fragten sie immer wieder: „Wie wollt ihr die beiden bloß auseinanderhalten?"

Frau Köcher lachte. „Als ich die großen Zwillinge dort zum erstenmal sah, habe ich genau das gleiche gefragt. Aber jetzt muß ich über diese Frage lachen. Meine Kleinen habe ich vom ersten Tag an auseinanderhalten können."

„Zur Sicherheit hat meine Frau den Babys aber doch bunte Bänder umgetan", rief der Förster dazwischen, „Hanni ein hellrotes und Nanni ein grünes."

„Deinetwegen habe ich das getan", antwortete Frau Köcher entrüstet. „Du Rabenvater verwechselst die Kinder manchmal."

Die Gäste amüsierten sich sehr. Aber Hanni und Nanni – die Großen – hatten längst einen Streich geplant. Piff und Paff wurden schon am Morgen zur Feier des Tages von ihnen geschmückt, ebenfalls mit einem hellroten und einem grünen Band. Nun warteten sie eine Zeit ab, bis sich die Babys allein in ihrem Zimmer befanden. Sie vertauschten die Bänder und vertauschten auch die Babys in ihrem Bettchen.

Die ersten Gäste verabschiedeten sich und wollten die Täuflinge noch einmal sehen. Geschwind holten die „Patentanten" den großen Wagen mit den Kindern herein. Diese schauten die Erwachsenen, die sich über ihren Wagen beugten, mit weit offenen Augen an.

„Wie war es also?" fragte eine Dame.

„Dies ist Hanni", sagte der Förster und zeigte auf das hellrote Bändchen, „und dies ist unsere Nanni."

Zufällig sah Frau Köcher hinüber. Einen Augenblick stutzte sie und rief dann entrüstet: „Aber das stimmt doch gar nicht! Du verwechselst die Kinder schon wieder."

„Sieh doch, hier", brummte der Vater, „hellrotes Band – Hanni; grünes – Nanni."

„Ach, die Bänder, nach denen sehe ich doch gar nicht. Aber . . . übrigens . . . Hat jemand sie vertauscht?"

„Ja", meldeten sich die Zwillinge, „wir! Wir wollten beweisen, wie leicht Sie Ihre Zwillinge auseinanderhalten."

„Ihr Racker", schalt der Förster, „und mich habt ihr bei dieser Gelegenheit gründlich hereingelegt. – Aber Mutter hat die Probe glänzend bestanden", setzte er hinzu, stolz auf seine Frau, „und deshalb sei euch verziehen."

„Ich verstehe Vati nicht", sagte Mucki später zu Nanni, die er für Hanni – also für seine Vertraute – hielt: „Er sieht die Zwillinge doch jeden Tag. So schwer kann es doch wirklich nicht sein, sie auseinanderzuhalten."

„Sei nicht zu sicher", warnte Nanni.

„Mir könnte das nicht passieren." Und dann zog er sie beiseite: „Ob du manchmal nach meinen Raupen sehen kannst?"

Nanni stutzte – aha, das war also das Geheimnis, über das Mucki vorhin mit der Schwester geredet hatte! „Wir bleiben ja nur kurze Zeit hier", sagte sie ausweichend. „Da hat es wohl keinen Wert."

„Aber solange ihr hier seid . . .", fing Helmut wieder an.

Da rief Margit: „Nanni, komm doch endlich! Hanni und ich wollen schnell in die Burg und den anderen Kuchen bringen."

„Ich komme schon", rief Nanni zurück und sagte dann zu dem verdutzten Buben: „Du hast mich nämlich mit Hanni verwechselt." Draußen war sie.

Mucki sah zu den kleinen Schwestern hin und kratzte sich am Kopf. Junge, Junge, das konnte ja eine schöne Geschichte werden, wenn die erst älter waren und genauso durchtrieben wie die anderen beiden Zwillinge!

Die Klappermänner erscheinen

Bei solchen Ereignissen geriet die Gespensterei fast in Vergessenheit. Doch Hella und ihre Verbündeten waren kräftig am Werk. Eines Abends sollte die Sache steigen.

„Heute ist Vollmond", sagte eine von den Großen aus der sechsten Klasse, und ihre Nachbarin im Speisesaal – auch eine Musikschülerin – fügte prompt hinzu: „Zeit für die Klappermänner."

Klappermänner?

Ein Mädchen aus der zweiten Klasse rief zum Tisch der Großen hinüber: „Wer sind die Klappermänner?"

„Nur so eine Sage", war die Antwort, „ob wirklich etwas daran ist, kann man nicht wissen."

„Ach, erzähl doch mal!"

Das Mädchen aus der Sechsten sah sich um. Die Direktorin war nicht im Raum, von den Lehrerinnen nur Fräulein Roberts, die sie anschmunzelte, und Mamsell, deren Miene Neugier und Ängstlichkeit verriet. Die Mädchen an den anderen Tischen schwiegen und sahen gespannt zu ihr hinüber. Manche Gesichter zeigten deutlich, daß ihnen dieses Gespensterschloß nicht ganz geheuer erschien, selbst wenn sie mit den anderen über jeden Aberglauben tüchtig lachten.

Frau Hofmann, die Hausmeistersfrau, trug die Speisen auf und rief: „Übertreibe es nicht, Elsa!"

Elsa winkte ihr zu und berichtete ungerührt: „Die Klappermänner sind die Geister von jungen Bauern, die der Raubritter Hans von Funkelstein foltern und einkerkern ließ. Sie hatten sich zur Wehr gesetzt, als er mit seinen Jägern wie schon oft über ihre Felder ritt, dabei das Getreide niedertrampelte und sogar kleine Kinder und alte Leute achtlos über den Haufen stieß. Da waren die Bauern eines Tages mit ihren Dreschflegeln auf die Pferde losgegangen und hatten die Tiere scheu gemacht. Der Ritter ließ die Männer von seinen Leuten zusammentreiben und auf die Burg bringen. Mit ihren eigenen Dreschflegeln schlugen die Burgleute auf sie ein. Das Klappern dieser Dreschflegel und das Gestöhne der Menschen muß sich schauerlich angehört haben. Aber der Ritter mit seinen Leuten amüsierte sich darüber und ließ die Bauern ins Verlies werfen, mitsamt den Dreschflegeln. Nun heißt es, daß sie sich schließlich selber mit ihren Dreschflegeln erschlagen haben – aus Hunger und Verzweiflung. Sie sollen in Vollmondnächten immer wieder aus dem Verlies steigen und nach dem Ritter suchen. Dabei klappert es, als ob Dreschflegel gegeneinanderschlügen."

„Und ihr habt die Klappermänner natürlich schon oft bei Vollmond klappern hören, nicht wahr, Elsa?" fragte Fräulein Roberts laut und lachte. „Eigentlich sollten wir für Lindenhof auch längst solche Gespenster erfunden haben, damit wir euch Konkurrenz machen könnten."

Elsa lachte ebenfalls und meinte: „Es gibt wirklich Leute, die sie gehört haben wollen."

„Sogar gesehen", rief eine andere Burgschülerin. „Sie haben kleine blasse Gesichter und tragen komische Zipfelmützen."

„Na, dann paßt heute nur gut auf“, meinte Fräulein Roberts, „und erzählt mir morgen, was los war. Schade, daß ich für diesen Abend Kinokarten in der Stadt bestellt habe. Eine Vorstellung der Klappermänner hätte mich schon gereizt.“

Sie sah nicht, wie Elsa ihren Mitschülerinnen erleichtert zunickte. Doch Hanni bemerkte es und machte sich ihre Gedanken. Sie betrachtete die Gesichter der Mädchen. Manche wirkten recht ängstlich. „Ich hoffe, die Klappermänner lassen uns nicht umsonst warten“, rief sie Hella zu, die an ihrem Tisch saß. „Auf echte Gespenster bin ich schon lange scharf.“ Sie vermutete ganz richtig, daß die Musikmädchen etwas planten und daß sich Hella daran beteiligen würde.

Doch Hella war schlau. Hanni sollte ihnen den schönen Plan nicht verderben! Sie beobachtete die Zwillinge und ihre Freundinnen den ganzen Tag.

Abends verkündete Hanni: „Heute gehe ich zeitig schlafen.“

„Ich auch – ich auch“, riefen Bobby und Carlotta sofort.

Aha – dachte Hella, die wollen uns kontrollieren. Sie beobachtete, wie Hanni den beiden anderen zuwinkte. Sie bummelten durchs Haus. Hella schlich ihnen nach. Als die drei in einem schmalen Gang stehenblieben, glitt sie geschwind hinter einen Schrank und lauschte.

„Ich glaube bestimmt, daß sie vom Burghof aus kommen. Paßt auf: Wir verstecken uns gegen neun, wenn die Aufsicht an unserem Zimmer vorbei ist, in dem kleinen Gelaß neben der Eingangspforte. Das ist freilich nicht abzuschließen, aber wir können beobachten, was auf dem Hof geschieht, und den Gespenstern den Weg abschneiden. Schade, daß wir nicht durchs Fenster steigen und sie von hinten überraschen können.“

„Warum nicht?“ fragte Carlotta.

„Weil ein Gitter davor ist.“

„Gut, also jetzt ab in die Betten!“ Schnell liefen sie zurück, ohne Hella zu bemerken, die fast in ihre Nische hineinkroch.

Als die drei weg waren, rieb sie sich vergnügt die Hände. Denen wollte sie es zeigen! Nein, zu verschließen ging die Tür nicht – wenigstens nicht mit einem Schlüssel. Aber die Superschlauen hatten den Riegel übersehen, der außen angebracht war. Hella sauste zu den anderen und sagte ihnen Bescheid. Dann holte sie Öl, um den Riegel zu schmieren. Die drei brauchten nicht gleich zu merken, daß sie gefangen waren. Zur Vorsicht schraubte sie auch noch die Fenstergriffe ab. Nun konnten sie die Fenster nicht mal öffnen und vielleicht um Hilfe rufen!

Hanni, Bobby und Carlotta gingen in die Falle. Sie ahnten nicht, daß fremde Augen sie schon im oberen Flur belauerten, als sie kurz nach neun aus ihrem Zimmer huschten. Eine ... zwei ... zuletzt Hanni ... Ob noch mehr kamen? Hella wartete. Doch es rührte sich nichts mehr. Nach einigen Minuten schlich sie zum Eingang hinunter, leuchtete sorgfältig mit der Taschenlampe, damit sie ja nirgends anstieß, und schob dann vorsichtig und ganz langsam den eisernen Riegel vor die Tür, hinter der sie die drei vermutete. Aufatmend stand sie einen Augenblick davor. Nein, sie hatten nichts gemerkt, sie schienen zu flüstern und zu kichern. Schnell lief Hella hinaus in den Hof, wo die anderen warteten. „Alles okay", rief sie und nickte.

Nun ging es los. Zwei trugen große Knüppel, mit denen sie klappern wollten. Die anderen hielten lange Stangen, an deren Spitze Luftballons befestigt waren. Und diese Luftballons trugen nicht nur hohe Kappen, sondern sie waren auch mit häßlichen Fratzen verziert worden. Die Mädchen hatten sich viel Mühe gemacht. Aber der Erfolg ihrer Gespensteraktion wurde auch großartig.

Sie warteten, bis der Vollmond über der Burg hochkam und gerade auf die Fenster der Schlafräume im ersten Stock schien. Dann schoben sie die Stangen hoch. Das Mondlicht glänzte fahl durch die blassen Ballongesichter. Unten erhob sich der Lärm, den die zwei mit ihren Knüppeln machten, dazu erklang leises

„Hilfe, ein Gespenst!“

Wehklagen ... Manche Fenster waren geschlossen oder die Vorhänge zugezogen. Doch es standen noch genügend Fenster offen, und die unheimlichen Laute verfehlten ihre Wirkung nicht. Die Kinder, die davon aufwachten, sahen draußen die seltsamen Köpfe auf und nieder tanzen. Da schauderten viele zusammen, und eines steckte das andere mit seiner Angst an. Eine Viertelstunde verging mit diesem Schauspiel, einmal vor dem einen, dann vor einem anderen Fenster. Gerade die jüngeren Klassen schliefen zum Hof hinaus. Keinem einzigen Mädchen – auch dem dreistesten nicht – fiel es ein, durchs Fenster in den Hof zu schauen. Damit hatten die Gespenster gerechnet.

Der Spuk verschwand so plötzlich, wie er gekommen war. Unten im engen Kämmerchen saßen die drei, die ausgezogen waren, Gespenster zu jagen. Sie hatten längst ihre Gefangenschaft bemerkt und grübelten, wie sie wieder hinausgelangten.

„Nanni weiß ungefähr, wo wir uns verstecken wollten“, sagte Hanni. „Aber sie kriegt von unserem Zimmer aus ja nicht mit, wann die Gespenster weg sind.“

„Ja“, stöhnte Bobby, „ich habe Jenni auch Bescheid gesagt. Doch bis sie ahnt, daß wir hier in der Klemme sitzen, können Stunden vergehen.“

Hella dachte nicht daran, ihre Gefangenen zu erlösen. Sie war heilfroh, daß Petra und Doris nicht auf ihr verspätetes Kommen achteten. Die beiden saßen noch über einer Aufgabe, die Doris nicht begreifen konnte. „Ich habe über dem Klavierspielen alles vergessen“, murmelte Hella. „War die Aufsicht hier?“

„Bei uns nicht“, antwortete Petra kurz.

Für die drei Gefangenen war es ein Glück, daß Nanni ihre Neugier nicht bezähmen konnte. Als die ahnungslose Elli fragte: „Wo bleibt Hanni nur?“, hielt sie es nicht länger aus und schlich hinunter. Mit ihrer Taschenlampe leuchtete sie alle Ecken um den Eingang ab. Sie öffnete vorsichtig eine Tür – dahinter befand sich eine leere Besenkammer. Schließlich stieß sie auch auf die Stelle, an der Hanni und die beiden anderen auf Erlösung warteten. Eigentlich wollte sie daran vorbeigehen, weil der Riegel vorgeschoben war. Doch sie glaubte, jemanden flüstern zu hören. Deshalb klopfte sie neugierig an. „Ist jemand dort?“ fragte sie halblaut.

„Nanni!“ – Das war doch ihre Schwester! – „Nanni, bist du draußen? Mach bitte, bitte schnell auf. Wir können nicht hinaus!“

„Natürlich, hier ist ja ein Riegel vorgeschoben. Wartet, ich öffne!"

Endlich erlöst! Wie froh waren da die Mädchen!

„Das hat Hella getan!" rief Hanni. „Ich möchte darauf wetten. Sie muß uns irgendwie nachspioniert haben."

Auf Zehenspitzen schlichen sie im oberen Flur an den anderen Schlafzimmern vorbei.

Am nächsten Morgen klopfte Bobby ganz früh bei den Zwillingen. „Carlotta und ich haben uns überlegt, wie wir uns heute verhalten. Hella darf unter keinen Umständen glauben, daß ihr Streich gelungen war."

„Aber wie wollt ihr das anstellen?" fragte Nanni.

„Ganz einfach", meinte Bobby. „Wir tun so, als hätten wir nur schnell etwas aus der kleinen Kammer geholt und wären sofort wieder hinausgelaufen. Eine von uns muß bloß fragen, daß Hella es hört, ob wir den Stock oder die Kanne oder etwas anderes wirklich geholt hätten. Dann muß sie ja annehmen, daß wir gar nicht in der Falle saßen. Ihren Triumph soll sie nicht haben!"

Ein großartiger Einfall!

„Machen wir", versprach Hanni.

Am Frühstückstisch unterhielten sie sich harmlos mit den anderen. Natürlich waren die Klappermänner an diesem Morgen das Hauptthema. Fräulein Roberts befand sich nicht im Raum. Doch Mamsell lauschte gespannt und mit düsterem Gesicht den Schilderungen. Die Größeren wußten von nichts. Aber die von der zweiten und dritten Klasse überschlugen sich förmlich mit ihren Erzählungen. „Schrecklich sahen die Gesichter aus – und gejammert haben sie – es hörte sich furchtbar an." – „Ich bin unter die Bettdecke gekrochen, da habe ich nichts mehr gehört und gesehen." – „Die Dreschflegel wurden auch geschlagen – ganz deutlich." – „Und blaß waren die Gesichter . . ."

„Nun seid mal still", mischte sich schließlich Linda ein, die Sportbetreuerin von Lindenhof, ein verständiges, nüchternes

Mädchen, „und macht einen Punkt. Vielleicht hat eine von euch schlecht geträumt und alle anderen angesteckt . . .“

„Stimmt nicht“, riefen die Kleinen, „wir haben es doch in allen Zimmern gehört!“

„. . . oder es haben sich andere einen Spaß mit euch gemacht.“

„Schöner Spaß“, rief Dorle Schmidt, „wir haben die Männer gesehen . . . im ersten Stock . . . Kannst du das erklären?“

„Das kann ich nicht“, antwortete Linda ruhig, „Ich halte trotzdem das Ganze für einen Jux.“

Mamsell hörte sich alles an, doch sie sagte nichts dazu. Daß ihr die Sache durchaus nicht geheuer vorkam, ließ sich leicht von ihrem Gesicht ablesen.

„Ich begreife nur nicht, daß keine von euch ans Fenster ging“, sagte eine andere aus der Sechsten. „Ihr kleinen Wichte seid doch sonst nicht so schüchtern.“

„Ich wollte ja“, sagte Ursel Hoschke leise.

Doch ihre Stubennachbarinnen riefen gleichzeitig: „Ursel war schon aus dem Bett gestiegen. Wir haben sie aber festgehalten. Vielleicht wäre solch ein Gespenst noch in unser Zimmer gekommen.“

Ursel Hoschke? Hanni und Nanni horchten auf. Es war doch Ursel, bei der sie damals gespenstert hatten, weil sie petzte. Die glaubte nicht an Gespenster? Hatte sie damals nicht geweint? Das fiel ihnen jetzt erst wieder ein. Schade, daß sie selber sich nicht in den Streit um die Klappermänner einmischen konnten! Dann mußten sie ja auch ihren Reinfall eingestehen.

Bobby fing gerade einen spöttischen Seitenblick von Hella auf und erinnerte sich sofort wieder an ihren Plan. „Hanni“, rief sie halblaut über den Tisch, „hast du die Kanne aus dem Versteck geholt?“ Hanni nickte.

„War es wirklich abgeschlossen? Es gab doch kein Schloß.“

„Aber einen Riegel“, antwortete Hanni prompt.

„Ach, daher!“

Weder Bobby noch Hanni hatten Hella während dieses Gespräches angeschaut. Um so eifriger beobachteten Carlotta, Jenni und Nanni, wie diese Worte auf Hella wirkten. Sie war sichtlich betroffen. Ihre Gedanken konnte man von ihrem Gesicht ablesen: Waren die drei etwa gar nicht mehr in dem Raum, als sie ihn verriegelte? Hatte sie sich geirrt, als sie jemand kichern hörte? Hatten sie bloß etwas bereitstellen wollen, um die Gespenster zu stören? – Hella konnte es nicht ergründen. Auf jeden Fall stand für sie fest: Den geplanten Spaß hatte sie ihnen verdorben. Die Gespenstervorstellung war ohne Störung vor sich gegangen. Und das war schließlich die Hauptsache!

Hanni wartete, bis sie Dorle Schmidt begegnete. „Sag mal, wie geht es jetzt mit Ursel Horschke? Petzt sie noch?"

„Bis jetzt nicht wieder. Aber ein Musterkind ist sie. Sie büffelt für jede Stunde und macht keinen Spaß mit."

„Ich möchte gern einmal mit ihr reden. Aber nur wie zufällig. Weißt du, wo ich sie treffen kann?"

„Jetzt wird sie im Musikzimmer Klavier üben."

„Musikzimmer – du hast Nerven! Wir sind doch nicht in Lindenhof, wo es bloß eines gibt. Hier stehen ja ein Dutzend zur Auswahl."

„Komm, ich zeige dir, wo wir aus der Zweiten üben", bot Dorle ihr an. „Verrate mich aber nicht."

Vor der Tür des Raumes wartete Hanni, bis das Klavierspiel aufhörte. Dann öffnete sie und rief: „Ach, da ist schon jemand. Entschuldige bitte, Ursel." Sie zögerte einen Augenblick und fragte dann: „Wie lange wirst du noch üben?"

„Ich kann sofort Schluß machen, wenn du ans Klavier möchtest."

„Nein, laß nur. – Übrigens, du warst heute nacht anscheinend die einzig Vernünftige in eurer Klasse. Du hast nicht an richtige Gespenster geglaubt?"

Ursel lachte, und sie sah dadurch mit einem Schlag viel netter aus. „Gespenster! Wer glaubt an so etwas?“ Sie zögerte einen Augenblick, dann gab sie sich einen Ruck: „Meinst du, ich habe dich damals nicht erkannt, als du in unser Zimmer spuken kamst?“

„Erkannt? Mich?“ Hanni war platt. „Sag mal, hattest du danach aber nicht geweint? Ich sah am andern Morgen, daß deine Augen noch rot waren. Damals wollte ich dich gleich fragen, doch dann habe ich es vergessen.“

Ursel schwieg. Ihr Gesicht wirkte wieder traurig und abweisend wie sonst auch.

„Hast du einen Kummer?“ fragte Hanni, zog sich einen Stuhl heran und setzte sich. „Bitte, sag es mir. Vielleicht kann ich dir helfen.“ Sie wartete geduldig, bis Ursel zu reden begann.

„Weißt du, ich hatte einen Bruder. Er war nett und lustig. Alle Leute hatten ihn gern. Gescheit war er auch, immer der Beste in seiner Klasse. Meine Eltern waren sehr stolz auf ihn. Er hätte in diesem Jahr das Abitur gemacht. Ostern ging er mit ein paar anderen zum Skifahren in die Berge. Dort sind sie in eine Höhle gestiegen, die sie erkunden wollten, und sind abgestürzt. Zwei waren sofort tot, mein Bruder war der eine. Ja, und deshalb habe ich es damals gemeldet, als welche aus der Klasse in das Felsenschloß klettern wollten. Sie konnten doch auch abstürzen. Als ‚Petze‘ haben sie mich dann beschimpft. Dir haben sie es gewiß auch erzählt, und du kamst zur Strafe als Gespenst. Ich petze sonst nie. Deshalb habe ich geweint. Sie haben lange nicht mit mir gesprochen. Doch ich hatte solche Angst, als sie hinaufstiegen. Verstehst du das?“

Hanni nickte. „Du bist eine gute Schülerin, nicht wahr?“

„Muß ich doch sein! Meine Mutter ist krank, seit Walter verunglückte. Und Vater ist immer traurig. Zu mir hat er einmal gesagt: ‚Du mußt uns nun Walter ersetzen, Ursel. Wenn du so gut lernst wie er und wir auf dich auch stolz sein können, wird

Mutter vielleicht wieder fröhlich und auch gesund.' Deshalb will ich gute Zeugnisse nach Hause bringen."

Arme Ursel! Da hatte sie nun ein so trauriges Zuhause und vielleicht gehofft, im Internat Freundinnen zu finden, mit denen sie noch einmal lachen konnte. Statt dessen stieß sie auf Ablehnung, wo sie es gut meinte, und auf Neid, weil sie sich in den Stunden anstrengte. Das mußte anders werden!

Hanni sprach erst mit ihrer Schwester und danach mit den Freundinnen. Das Ergebnis war ein Fest, das sie im Garten von Karolins Haus gaben. Karolin hatte bei ihrer Mutter sehr gebettelt, daß sie die Mädchen einladen durfte: die Zwillinge, Bobby und Hilda, dazu Erna, Margit und Tilly aus dem Dorf und schließlich vier Mädchen aus der zweiten Klasse: Ursel Hoschke mit ihren beiden Stubennachbarinnen und Dorle Schmidt.

Die Zwillinge hatten Frau Buchner von Ursel und ihrem Kummer erzählt. Frau Buchner hatte den Kopf geschüttelt: Das arme Mädchen! Nun war sie auch zum Einzelkind geworden wie ihre Karolin. Doch wieviel besser erging es ihrer Tochter!

Hanni hatte auch mit Dorle Schmidt geredet. Sehr betroffen hatte Dorle zugehört und fest versprochen, in Zukunft Ursel gegenüber netter zu sein.

Fräulein Theobald erlaubte gern, daß alle eingeladenen Mädchen an einem Mittwochnachmittag zu Buchners gingen. Ihr hatte zwar niemand gesagt, was Hanni und Nanni bezweckten. Doch sie ahnte das Richtige und versprach sogar, gegen Abend selber zu Buchners zu kommen.

Den ganzen Nachmittag wurde gespielt: Federball, Verstekken, Boccia und Pfänderspiele. Frau Buchner hatte das Fest wunderschön vorbereitet und selber den größten Spaß dabei gehabt. Es gab eine Festtafel mit Kakao und viel Kuchen und gegen Abend noch einmal belegte Brote mit Limonade.

Fräulein Theobald kam wirklich. Sie waren gerade dabei, sich der guten Sachen zu bedienen, die auf einem langen Tisch neben der Laube angerichtet waren, und dann mit ihren Gläsern und Tellern auf dem Rasen Platz zu nehmen. Sehr zufrieden beobachtete die Direktorin, wie vergnügt Ursel Hoschke zwischen den anderen umherlief.

„Ich glaube, Sie haben heute ein sehr gutes Werk getan", sagte sie lächelnd zu Frau Buchner und deutete mit den Augen auf eine lustige Gruppe: Ursel und Dorle mit Bobby und Tilly, die sich lachend gegenseitig die besten Bissen vom Teller stibitzten.

Von diesem Tag an war Ursel nie mehr einsam in ihrer Klasse. Und wehe, wenn jemand wagte, ihr ein böses Wort zu sagen: Dorle Schmidt geigte derjenigen gründlich die Meinung!

Wer seufzt da?

„Meine schönen Ketten!" stöhnte Bobby eines Abends. „Im Schweiße meines Angesichts habe ich sie hergeschleppt und vor dem leeren Turmzimmer verstaut . . ."

„. . . und ich auch", sagte Jenni. „Als ob ich mich weniger geplagt hätte!"

„Schon recht!" Bobby nickte. „Aber eine vernünftige Idee, wie wir sie benutzen können, hast du auch nicht gehabt. Ich finde überhaupt, daß wir die Gespensterei recht lahm betreiben."

„Ja", rief Carlotta, „was ist mit euch los, Hanni und Nanni? Ihr wolltet doch so viel unternehmen."

Die Zwillinge sahen sich an. „Wollten wir", meinte Nanni, „aber jetzt sind andere Gespenster am Werk, und die machen den Kleinen und ein paar anderen Angsthasen viel zu schaffen. Deshalb haben wir bisher nichts weiter angestellt."

„Meint ihr die Musikmädchen?" fragte Hilda. „Aber die haben bisher doch nur einmal die Klappermänner gespielt. Seitdem bleiben sie ruhig."

„Ich weiß nicht, ob wir dem Frieden trauen sollen", antwortete Hanni. „Sie brüten bestimmt noch andere Sachen aus. Und da müssen wir aufpassen. Es ist doch viel lustiger, wenn wir sie erwischen und ihnen das Handwerk legen."

„Ja", rief Nanni, „die meisten von ihnen sind schrecklich hochnäsig. Sie behandeln uns nur wie geduldete Gäste. Denen schadet eine Abkühlung nichts."

Sie hatten Pech: Ausgerechnet in der Nähe des offenen Fensters saßen zwei von den Musikmädchen und hörten sich das Gespräch mit an. Sie rührten sich nicht von der Stelle und sahen sich bloß erstaunt an. Aber sie lachten übers ganze Gesicht. Ketten vor dem Turmzimmer . . . welch wundervolle Aussicht! Noch am gleichen Abend verschwanden diese Ketten hinter einer Falltür, von der die Mädchen aus Lindenhof nichts ahnten.

Wenige Tage danach gab es am Spätnachmittag ein Gewitter. Das Schloß stand in einer weiten Ebene, an einer Stelle, wo der Sturm sich so richtig austoben konnte. Überall klappte und klapperte es: Fensterläden schlugen zu und wieder auf, durch die Kamine pfiff der Wind, die alte rostige Wetterfahne auf dem Schloß knarrte, und aufgeregt sausten ein paar Dohlen in die Höhe, vom Sturm förmlich durch die Luft geworfen. Mit großen Augen starrten die Lindenhof-Mädchen hinaus. Solches Wetter kannten sie von ihrer Schule nicht. Die lag geborgen hinter einem Hügel, der die meisten Stürme abfing. Als das Gewitter näher kam, Blitz und Donner schnell aufeinander folgten, wurde es vielen himmelangst. Da half es wenig, daß die Größeren versicherten, es könnte gar nichts passieren. Es gab ja überall Blitzableiter. Die Zeit, bis es draußen wieder ruhiger wurde, erschien allen endlos. Zu allem Überfluß ging das Licht aus. Hatte der Blitz in die Leitung geschlagen?

Und dann geschah es: Draußen, vom Gang her, war ein Ächzen zu hören. Dann klirrten Ketten, die über den Boden geschleift wurden. Eine Peitsche knallte . . .

Leichenblaß saßen die meisten da ... auch die Mädchen aus der Vierten, an deren Gemeinschaftsraum der Spuk vorbeikam. Doch bei ihnen dauerte der Schrecken nicht allzu lange.

„Bobby, deine Ketten!“ rief Hanni plötzlich. „Kommt mit!“ schrie sie den anderen zu, als sie die Tür schon aufgerissen hatte, um den Gang entlangzulaufen.

Das hörten die „Gespenster“ aber auch und fingen plötzlich an zu rennen. Sie kannten sich gut aus – besser als die Lindenhofer. Außerdem wurde es draußen schon dunkel und ebenso in den Räumen. Eine Diele knarrte, eine Falltür öffnete sich, noch einmal rasselten und schepperten die Ketten, die unter der Falltür verschwanden ... Und verschwunden waren auch die Gespenster – irgendwo durch eine Tür oder ein Fenster ... Wer wußte das?

„Es ist doch zum Heulen“, stöhnte Bobby. „Ich schleppe die Ketten her, und andere treiben Unfug damit.“

„Unfug treiben wolltest du ja auch“, antwortete Hilda lachend.

„Sicher! Aber es ist doch ein Unterschied, ob ich den Spaß selber veranstalte oder andere. Und die Ketten muß ich nun auch wieder suchen. Die soll ich ja zurückbringen.“

Was blieb ihr und den Freundinnen übrig, als in den nächsten Tagen an allen Stellen, wo Dielen knarrten, nach einer Falltür zu suchen? Drei Tage brauchten sie dazu, denn sie konnten ja bloß herumgucken, wenn die Luft rein – also keine Lehrerin in der Nähe war.

Dann rief Doris endlich: „Ich hab's.“ Sie stand vor einer knarrenden Diele – zwei Bretter, die anders nebeneinanderlagen als die übrigen! In einem davon sahen sie eine kleine runde Öffnung, die einem Astloch glich und deshalb nicht auffiel. Ja, wer sollte merken, daß dies eine Falltür war! Doris mit ihren scharfen Augen hatte richtig gesehen. Sie steckte einen Finger durch die Öffnung. Die beiden Bretter hoben sich. Die Mädchen, die inzwischen hergekommen waren, griffen nach den Brettern ... und mindestens anderthalb Meter darunter lagen die Ketten! Sie heraufzuholen erwies sich als recht mühselig. Hätten sie in Herrn Hofmanns Schuppen nicht einen eisernen Rechen gefunden – sie hätten es kaum geschafft. So aber schleppte Bobby am nächsten Abend die Ketten wieder zum Schmied, wütend, daß sie alle Anstrengungen nur für andere unternommen hatte.

Als sie an diesem Abend zu Bett ging, seufzte es lange und anhaltend.

„Aber Bobby“, sagte Carlotta lachend, „du scheinst dir den Reinfall mit den Ketten sehr zu Herzen zu nehmen. Solch ein tiefer Seufzer!“

„Ich habe nicht geseufzt“, antwortete Bobby. „Ich dachte, eine von euch hätte es getan.“

„Ich gewiß nicht“, rief Carlotta und wollte sich behaglich ausstrecken, da seufzte es wieder.

„Also hast du geseufzt, Jenni.“

„I-i-i-ich? Warum sollte ich seufzen? Der letzte Klassenaufsatz war gut, die Hausarbeit ist fertig und ...“, sie hopste ins Bett, „nanu?“

Es seufzte. ES! Wer war ES? Das Seufzen klang echt, abgrundtief und richtig ansteckend. Seltsam! – Aber so leicht waren helle Mädchen nicht hinters Licht zu führen. Das Seufzen mußte mit den Betten zusammenhängen. Sie standen auf und räumten die Matratzen heraus. Na freilich! Unter jeder Matratze lag eine handgroße Gummiblase. Drückte man darauf, wurde die Luft hinausgepreßt. Das hörte sich an wie ein Seufzer. Vergnügt holten sie die Dinger vor und versuchten, durch langsames und schnelleres Quetschen die verschiedensten Seufzer hervorzubringen. Dabei quietschten sie bald mit den Dingern um die Wette.

Das hörte Fräulein Roberts, die an diesem Tag die Aufsicht an diesem Flur hatte. Sie kam ins Zimmer und wunderte sich nicht wenig über den Anblick: Die Betten waren umgestülpt, die drei

„Herrlich", rief Bobby und lachte vergnügt, „jetzt haben wir unseren Seufzer-Geist erwischt."

Mädchen hockten auf den Matratzen und seufzten, das heißt, sie ließen es seufzen.

„Was macht ihr da?" fragte sie fassungslos. Doch als sie ihr den Grund für die Unordnung erklärten und ihr die seufzenden Blasen vorführten, lachte sie herzlich. „Wer mag euch diesen Streich gespielt haben?" fragte sie.

Wenn die drei auch etwas ahnten – sagen konnten sie es mit Sicherheit nicht.

Fräulein Roberts fand in ein paar anderen Zimmern ganz ähnliche Bilder vor. „Die reinste Seufzergalerie, dieser Flur", sagte sie und seufzte auch.

Doch auf der anderen Seite bei den Jüngeren war es um so stiller. Dort schien also kein Geseufze zu herrschen . . .

Fräulein Roberts irrte gewaltig. Auch bei den Kleinen hatte es geseufzt. Aber sie waren durch die vielen Geschichten von stöhnenden, seufzenden Geistern, von „armen Seelen" viel zu erschreckt, als daß sie den jämmerlichen Lauten auf den Grund gingen. Lieber schwiegen sie und lagen regungslos in ihren Betten, um nur ja nicht die Aufmerksamkeit irgendeines Spuks zu erregen. Da konnten freilich die „armen Seelen" nicht seufzen. Aber wenn ein Mädchen das Stilliegen gar nicht mehr aushielt und sich vorsichtig drehte, ging ein leiser klagender Laut durch das Zimmer. Sie schliefen trotzdem ein.

Morgens achtete niemand auf irgendwelches Quietschen. Sie waren nach dem Wecken schnell aus den Betten gesprungen. Und außerdem: Am hellichten Tag haben Gespenster wenig Erfolg. Mittags spotteten die Mädchen aus der Vierten kräftig über die Seufzer, und sie zeigten die Gummiblasen herum, die sie von ihren Matratzen genommen hatten. Den Jüngeren dämmerte etwas, und sie liefen nach dem Essen schleunigst in ihre Zimmer. Schnell rissen sie die Matratzen heraus. Doch soviel sie auch nachschauten, unter ihren Betten fanden sie keine Blasen, sie waren längst nicht mehr da. Zum zweitenmal an diesem Tag mußten sie ihre Betten machen. „Ausgerechnet diese olle Arbeit zweimal", schalt Dorle, und die anderen nickten.

Mamsell untersuchte ebenfalls heimlich ihre Matratze. Denn auch sie glaubte Seufzer gehört zu haben. Sie suchte mit ebensowenig Erfolg wie die kleinen Schülerinnen, aber mit bedeutend mehr Pech. Sie war noch mitten im Suchen, da klopfte es.

„'errrein", schrie Mamsell verzweifelt. Was sollte jemand von ihr denken, der ihr Zimmer in diesem Zustand fand? Ausgerechnet die Direktorin trat ein und mit ihr Hella. Fräulein Theobald machte große Augen. Hella hatte Mühe, ernst zu bleiben, denn sie durchschaute die Szene.

„Was tun Sie da, Mamsell?" fragte Fräulein Theobald erstaunt.

„Ach, da scheint an der Matratze etwas falsch zu sein", stotterte Mamsell, „es quiekt."

„Quiekt?"

„Nein, ich wollte sagen: piekt."

„Haben Sie die Ursache entdeckt?“

Hilflos starrte Mamsell die Direktorin an.

„Hella“, sagte Fräulein Theobald, „geh hinüber und hole Frau Hofmann. Sie soll Mamsells Matratze untersuchen und ihr am besten eine andere bringen.“

Als Hella weg war, fragte sie die Lehrerin, ob dieses Mädchen wohl ein paar Stunden Nachhilfeunterricht in Französisch geben könnte. „In der untersten Klasse sind zwei sehr schwache Schülerinnen. Sie wissen es selber, Birgit und Marion. Die Eltern fragten nach der Möglichkeit, sie durch ein Mädchen aus einer höheren Klasse zusätzlich unterrichten zu lassen. Ich höre, daß Hella im Französischen besonders gut ist. Trauen Sie ihr zu, daß sie es schafft?“

„Naturellement – natürlich“, rief Mamsell sofort. Sie war froh, daß ein anderes Thema zur Sprache kam.

Als Hella Frau Hofmann mitbrachte, bat Fräulein Theobald nur um eine neue Matratze für Mamsell. Hella bekam den Auftrag, den beiden Mädchen aus der ersten Klasse Nachhilfeunterricht zu geben. Ihr war das sehr recht. So hörte sie doch oft, was in der Klasse geschah, und sie konnte ihre Spukpläne noch besser danach einrichten. Es dauerte gar nicht lange, da gab es ein buntes Durcheinander.

Großer Reinfall für Hella

„Du, Hella“, sagte die kleine Birgit vergnügt, „heute abend wollen Marion und ich einmal als Gespenster gehen.“

„Ihr?“ Hella war ehrlich verblüfft.

„Ja, wir haben neulich ein paar von den Großen belauscht. Die haben erzählt, wie sie sich mit Bettüchern und Gardinen verkleiden wollen. Rosmarie aus unserer Klasse wohnt im Dorf, die bringt uns Holzköpfe, die ihre Brüder schon mal benutzt haben. Die tragen wir dann in der Hand."

„Und wen wollt ihr erschrecken?"

„Die anderen aus unserer Klasse. Die haben ja immer solche Angst."

„Das finde ich ganz großartig von euch. Ihr imponiert mir richtig." Die beiden kleinen Mädchen wuchsen förmlich, als Hella das sagte.

Nach der Stunde sagte Hella: „Kommt mit, ich zeige euch einen Geheimgang. Dort entdeckt euch niemand, ihr könnt euch verkleiden und seid schnell bei euren Schlafräumen."

„Au fein!"

Rosmarie aber war Tilly Wilks Schwester. Als sie die Holzköpfe aus dem Versteck holte, in dem die Brüder sie aufbewahrten, wurde sie von Tilly beobachtet. „Bitte verrate den anderen nichts", bettelte Rosmarie. „Wir wollen doch unsere Klasse erschrecken."

„Nun, diesen Spaß sollt ihr ruhig haben", sagte Tilly. „Ich spreche sowieso mit keiner von euch kleinen Kröten. Ihr seid alle ziemlich frech!"

„Bäh", machte Rosmarie und streckte Tilly die Zunge heraus.

„Sag ich's nicht?" murmelte Tilly. „Eine ist so frech wie die andere."

Lachend erzählte sie davon, als Marianne und Carlotta sie besuchten.

„Den Spaß möchte ich miterleben, wenn diese Zwerggespenster durchs Schloß geistern", spottete Carlotta auf dem Heimweg. „Wollen wir sie nicht belauschen?"

„Du, das ist eine Idee!"

„Die Schlafräume der Kleinen liegen ja nur auf der anderen Seite unseres Flurs. Da können wir sie gut beobachten."

Carlotta erzählte auch den Zwillingen von ihrem Plan. Die hörten eifrig zu und wurden nachdenklich.

Hella war in den Plan verwickelt? Wenn sie da nur nicht eine Bosheit plante! Vielleicht wollte sie die vertrauensseligen kleinen Mädchen hereinlegen? Hanni ging zu Tilly, und die fragte noch einmal Rosmarie aus.

„Warum willst du das eigentlich wissen?“ erkundigte sich Rosmarie plötzlich.

„Weil mir der Plan von Birgit und Marion gefällt. Ich finde es toll, daß sie so etwas unternehmen.“

„Und du warnst die anderen bestimmt nicht?“

„Verlaß dich drauf! Niemand aus eurer Klasse erfährt ein Sterbenswörtchen.“

Um so genauer erzählte Tilly freilich ihren Freundinnen alles, was sie wußte.

„Den Geheimgang kenn ich“, sagte sie. „Vom oberen Flur, an dem eure Schlafräume liegen, geht es durch eine schmale Tür am Fenster über eine Wendeltreppe zu dem einen Turmzimmer hinunter. Die obere Tür hat ein Schnappschloß. Wenn Hella die Kleinen da hinunterlockt und die Tür hinter ihnen zufliegt, sitzen sie in der Falle. Dann braucht Hella das Turmzimmer nur unten abzusperren, und die armen Dinger können die Nacht über dort sitzen.“

So etwas sah Hella ähnlich! Die Zwillinge wurden wütend. „Hoffentlich können wir ihr das versalzen“, rief Hanni. „Seht zu, daß ihr den Schlüssel für die untere Tür erwischt. Dann bleibt den Kleinen der Weg unten offen.“

„Und wenn Hella den Schlüssel schon hat?“

„Ihr müßt so schnell wie möglich nachsehen.“

Hanni rannte los. Nanni überlegte und schlug dann Tilly vor: „Weißt du, wir sperren einfach die obere Tür von außen auf, sobald die beiden durchgegangen sind. Dann merken sie später gar nicht, daß sie überhaupt in Gefahr waren. Sie verkleiden sich unten, steigen wieder hinauf und gehen spuken. So haben sie ihren Spaß, und Hella muß in den Mond gucken.“

Hanni bog um die Ecke. „Ich habe ihn", rief sie vergnügt, „wohlverwahrt", und sie klopfte auf die Tasche ihrer Jeans. Tilly ging wieder heim.

Die anderen vier, die von der Sache wußten, verwirklichten nun ihren Plan: Gegen halb elf, als die Wecker unter ihren Kopfkissen geklingelt hatten, schlichen sie aus ihren Zimmern und bezogen ihre Posten. Im oberen Flur standen in einem Versteck Nanni und Carlotta und warteten auf die beiden Mädchen aus der ersten Klasse. Hanni und Marianne schlichen die Treppe hinunter und warteten in einem Gang nahe beim Turmzimmer.

Pünktlich um elf erschien Hella. Das heißt, sie nahmen an, daß Hella hinter dem riesigen weißen Umhang steckte, der ihnen entgegenspukte. Sehr unheimlich sah die Gestalt aus – wenigstens für harmlose Gemüter: Sie trug ihren Kopf in der Hand. Daß es eine ausgehöhlte Melone war, eine große Melone mit einer brennenden Kerze darin, das war nur von der Nähe aus zu erkennen.

Hanni grinste still vor sich hin und kniff Marianne in den Arm. Gut, daß sie hier waren. Hella plante gewiß Schlimmeres, als sie vermutet hatten!

Da! Sie lauschte an der Tür und öffnete sie vorsichtig. Von drinnen hörte man Marion kichern. „Bist du fertig", fragte Birgit gerade, „und hast du deinen Kopf in der Hand?"

„Meinen Holzkopf, ja", antwortete Marion, und sie lachten laut.

In diesem Augenblick drehte Hella an dem Schalter neben der Tür, und das Licht im Turmzimmer erlosch. Zwei erschrockene Schreie erklangen und gleich darauf eine grausige Stimme – wahrscheinlich redete Hella durch ein hohles Gefäß oder etwas Ähnliches: „Wer seid ihr frechen Geschöpfe, die noch vor Mitternacht in unserem Schloß herumgeistern? Was habt ihr hier zu suchen? Dies ist das Gebiet von uns Funkelsteiner Geistern, und wir dulden keine anderen."

Die armen kleinen Mädchen liefen schreiend die Treppe hinauf. Hella begleitete ihre Flucht mit blechernem Gelächter. „Ihr kommt hier nicht heraus“, schrie sie. „Angenehme Ruhe!“

Doch die Kleinen waren durch die Tür entwichen, die Nanni weit offenhielt. Die hölzernen Köpfe kullerten die Stufen hinunter, die Kerzen erloschen. Das Schloß schnappte wieder ein.

Enttäuscht wandte Hella sich zur unteren Tür. Irgend etwas war schiefgegangen – schade! Doch wieso war unten die Tür verschlossen?

Bei ihrem eigenen Schreien hatte sie nicht gehört, daß Hanni den Schlüssel außen ins Schloß steckte und herumdrehte. Nun saß Hella im Finstern. Die Beleuchtung hatte sie selber ausgeschaltet – was sollte sie tun? Die Fenster waren vergittert, sie konnte nicht fort. Zähneknirschend hockte sich Hella auf den Boden und lehnte den Kopf an die Wand. Das würde eine schöne Nacht geben! Sie schlief wahrhaftig ein ...

Hanni und Marianne befanden sich inzwischen längst auf dem oberen Flur. Marion und Birgit waren verschwunden. „Sie sind wie gehetzt in ihre Zimmer gerannt“, berichtete Nanni. „Die armen Dinger! Nun werden sie bestimmt glauben, daß wirklich ein Funkelsteiner Gespenst erschienen sei.“

Eine Stunde später fuhr Hella hoch, weil grelles Licht auf sie fiel und sie blendete. Was ... wo war sie? Sie mußte sich erst besinnen. Langsam dämmerte ihr, wo sie sich befand. Das grelle Licht war wieder verschwunden. Langsam tastete Hella sich zur Tür. Die stand offen. Hella zerrte sich das lange weiße Tuch vom Leibe und schlich die Treppe hinauf. In ihrem Zimmer war es finster. Doris und Petra schliefen fest. Hella kroch in ihrem ganzen Aufzug unter die Decke. Schlafen, nur schlafen!

Als sie etwas Nasses auf dem Gesicht spürte, schreckte sie hoch.

Petra stand mit einem großen nassen Schwamm vor ihr. „Steh auf, Hella! Es ist schon spät. Was hast du bloß?“

„Laß mich zufrieden", kam die knurrige Antwort. „Ich bin müde."

„Du mußt aufstehen", rief nun auch Doris und schüttelte sie kräftig.

„Haut endlich ab", schrie Hella laut. „Ich stehe nicht auf."

Da ließen die beiden sie in Ruhe.

Hella schlief noch eine Weile. Gegen elf erhob sie sich und ging langsam zum Speisezimmer hinunter. Sie suchte Birgit. „Bitte kommt heute nicht zur Stunde", sagte sie. „Ich fühle mich nicht ganz wohl."

„Wir auch nicht", flüsterte Birgit leise. Sie ahnte nicht, wer ihr in der Nacht so übel mitgespielt hatte. „Morgen müssen wir dir eine merkwürdige Geschichte erzählen, Hella."

„Nun", fragte Hella am nächsten Tag, bevor sie mit dem Nachhilfeunterricht begann, „was war das für eine merkwürdige Geschichte, die ihr mir erzählen wolltet?"

Marion und Birgit sahen sich an. Inzwischen fühlten sie sich gar nicht mehr ganz so sicher, ob ihnen wirklich ein Geist begegnet war. Sollten sie sich von Hella auslachen lassen?

„Na", sagte Hella ermunternd, „hat es mit dem Spuken geklappt?"

„Eigentlich nicht", meinte Birgit zögernd. „Irgend jemand hat uns erschreckt."

„Euch erschreckt?"

„Ja, da kam ein Gespenst. Wir sind natürlich zuerst drauf hereingefallen und weggerannt. Aber, nicht wahr, es gibt doch keine echten Gespenster? Irgend jemand hat uns einen Streich gespielt."

Hella überlegte schnell. Dumm waren die Kleinen nicht. Sie mußte nun bloß versuchen, den Verdacht auf andere zu lenken. Auf wen aber? Zunächst fragte sie: „Habt ihr anderen von eurem Plan erzählt?"

Die beiden sahen sich wieder an und schüttelten die Köpfe. „Außer uns wußte nur Rosmarie davon."

„Rosmarie? Ja, die ist aber doch die Schwester von Tilly aus der Vierten. Ob sie ihrer Schwester nichts verraten hat?" Innerlich frohlockte Hella: Das klappte ja wie am Schnürchen! Nun konnte sie den anderen aus der Klasse leicht ein Schnippchen schlagen!

Tatsächlich, Marion erklärte: „Wir müssen unbedingt Rosmarie fragen, ob sie ihrer Schwester etwas erzählt hat. Gemein wäre das von ihr. Dürfen wir gleich zu Wilks laufen?"

„Nein, hiergeblieben!" antwortete Hella. „Jetzt habt ihr Stunde. Gestern ist sie schon ausgefallen. Heute wird gelernt."

Übermäßig bei der Sache waren Birgit und Marion nicht. Doch das half ihnen wenig. Hella fragte nach Vergangenheitsformen, nach dem zweiten und dritten Fall in Einzahl und Mehrzahl und nach Vokabeln, die sie das letztemal gelernt hatten. An die vorvorige Nacht schien Hella nicht mehr zu denken.

Das war freilich ein gewaltiger Irrtum: Sie fühlte sich außerordentlich vergnügt: Nun kam die Sache aufs Konto ihrer eigenen Klassenkameradinnen, und denen gönnte sie es von Herzen!

Kaum war die Stunde zu Ende, da rannten Marion und Birgit ins Dorf. Nicht einmal zum Vespern nahmen sie sich Zeit. Rosmarie wußte ja von ihrem Reinfall, sie hatten ihr am Morgen sofort darüber berichtet. Aber hatte sie irgend etwas dazu gesagt? Kein Wort! Und nun konnten sie sich auch denken, weshalb: aus schlechtem Gewissen.

„Wo ist Rosmarie?" fragten sie Herrn Wilk, als er ihnen auf dem Hof begegnete.

„Hinten im Garten, soviel ich weiß", antwortete er. „Sie liest Falläpfel auf."

Gut, da trafen sie sie hoffentlich allein. Sie spähten durch die Gartenhecke: Rosmarie bückte sich und sammelte Äpfel in einen

„Hast du verraten, daß wir als Gespenster gehen wollen?“
tobte Birgit aufgebracht

großen Korb. Sonst war niemand zu sehen. Leise gingen sie über den Rasen.

Rosmarie fuhr zusammen, als die Mädchen plötzlich dicht bei ihr standen und fragten: „Hast du vorgestern deiner Schwester erzählt, daß wir uns als Gespenster verkleiden wollten?“

Blutrot wurde Rosmarie und stammelte: „Wieso ... was denkt ihr?“

Birgit stellte sich dicht vor Rosmarie auf und fragte: „Hast du – oder hast du nicht?“

„Ja schon, weil Tilly doch sah ...“ Sie kam nicht weiter.

Birgit zischte nur: „Verräterin! Petzliese!“ zog Marion an der Hand weg, und beide verließen eilig den Garten.

Wie vom Donner gerührt sah Rosmarie ihnen nach. Glaubten die zwei etwa, sie wäre von allein zu Tilly gegangen und hätte alles erzählt? Oder dachten sie sogar, sie hätte Tilly angestiftet, ihnen in der Nacht als Gespenst entgegenzutreten? So ein Unfug! Sie wollte ihnen nachlaufen. Aber das hatte doch keinen Zweck. Tilly brauchte sie auch nicht zu fragen. Die zeigte ihr höchstens einen Vogel. Tilly verpetzte sie nicht ...

Schade! Rosmarie war von da ab Luft für die beiden. Sie hatte trotzdem noch Glück: Weder Birgit noch Marion wollten der Klasse gestehen, daß sie den Mitschülerinnen eigentlich einen Streich spielen wollten. So blieb Rosmarie wenigstens erspart, daß auch die anderen sie als Verräterin ansahen.

Ärgern mußte sich jedoch Nanni. Sie fragte Marion arglos und gutmütig: „Na, habt ihr nach der Aufregung neulich gut geschlafen?“

Da erhielt sie die schnippische Antwort: „Natürlich, und du kamst im Traum als Schreckgespenst vor!“ – Denn nun war Marion überzeugt: Nanni hatte bei dem Streich mitgemacht.

„Giftkröte“, murmelte Nanni, „das hat man davon, wenn man den frechen Kleinen hilft.“

Viel später erst, als sich die Schule schon längst wieder in Lindenhof befand, erfuhren Birgit und Marion, was wirklich geschehen war. So ganz glauben wollten sie es nicht. Sie blieben den Großen gegenüber immer ein bißchen mißtrauisch.

Bärbels Dichterruhm

„Was ist eigentlich mit Großvaters Imkerhauben?“ fragte Karolin die Zwillinge, als sie wieder einmal bei ihr im Garten saßen. „Ihr wolltet damit doch etwas unternehmen!“

„Du hast recht.“ Hanni nickte nachdenklich. „Die anderen haben ihren Spaß, und wir versäumen unsere eigenen Pläne, weil wir ihnen bloß immer nachspüren müssen. Aber jetzt kommen die Imkersachen dran!“

„Doch wir wollen mit niemand darüber sprechen“, sagte Nanni. „Du selbst mußt aber mitmachen, Karolin.“

„Herzlich gern.“ Karolin wartete ja nur auf solch eine Gelegenheit. „Zur Not reiße ich einmal abends aus. Mutti vermutet das nie und wird darum gar nichts merken.“

Sie überlegten lange, was sie anstellen wollten. Es erschien ihnen dann freilich notwendig, Carlotta um Mithilfe zu bitten. Sie konnte nun einmal am besten klettern. Halsbrecherische Dinge vollführte sie, wenn es darauf ankam.

„Am dritten Abend also!“ beschlossen sie, nachdem sie alles lang und breit besprochen hatten. „Bis dahin müssen wir alles genäht und das übrige vorbereitet haben.“

Es kam allerdings anders – zunächst wenigstens.

„Bärbel Arnold soll zu mir kommen“, sagte Fräulein Theobald am nächsten Morgen. Sie rief es Grete Kraus zu, die zufällig in der Nähe stand. „Bitte, hole sie sofort, auch wenn sie schon im Unterricht ist.“ Grete sauste los.

Bärbel Arnold gehörte in die fünfte Klasse, war also eine Klasse weiter als die Zwillinge. Eigentlich wußte niemand viel von ihr. Fragte man ihre Klassenkameraden, bekam man höchstens ein Achselzucken zur Antwort oder allenfalls: „Die spinnt!“ Eine Freundin hatte sie auch nicht. Sie stand sich mit den anderen nicht schlecht, aber an besonderen Unternehmungen nahm sie nie teil. Meist ging sie auch allein spazieren. Sehr oft schrieb sie . . . Waren es Briefe, oder dichtete sie etwa? Das hatte bisher niemand erfahren. Aber es hatte im Grunde auch keinen interessiert. Niemand hatte sie danach gefragt.

Was mochte Fräulein Theobald wohl von ihr wollen? Als Grete Kraus in die Klasse hineinplatzte und Bärbel zur Direktorin schickte, sahen viele neugierig hinter dem Mädchen her. Mit einem Schlag wurde Bärbel interessant.

Sie selber wußte nicht, was die Direktorin von ihr wollte. Sie klopfte und sah erstaunt, daß der Briefträger im Zimmer stand.

„Bärbel, du mußt unterschreiben. Hier ist ein Einschreibbrief für dich."

„Für mich?" Maßlos erstaunt ging Bärbel zum Schreibtisch. „Vom Markwart-Verlag? Den kenn ich nicht." Sie unterschrieb. Der Briefträger ging nach einem höflichen Gruß hinaus, und Bärbel öffnete ihren Brief. Als sie ihn kurz überflogen hatte, sank sie auf den nächsten Stuhl und sah ratlos zur Direktorin hinüber.

„Was ist denn, Bärbel?" fragte Fräulein Theobald erschrokken. Sie nahm den Brief, den Bärbel ihr stumm hinhielt.

„Sehr geehrtes Fräulein Arnold!
Sie hatten am Wettbewerb unserer Zeitschrift ‚Immer heiter' mit der Kurzgeschichte ‚Der Reiter ohne Kopf' teilgenommen. Dabei haben Sie den zweiten Preis gewonnen. Die Erzählung ist nicht nur vom Inhalt her lebendig und ansprechend, sondern auch humorvoll und farbig geschrieben. Unseren Glückwunsch!
Wir drucken Ihre Erzählung im nächsten Heft der Zeitschrift ab. Belege schicken wir Ihnen dann zu. Einen Scheck über die 100 Mark, die für den zweiten Preis ausgesetzt waren, erhalten Sie in der Anlage. Wir werden auch später gern Erzählungen von Ihnen übernehmen, falls sie uns geeignet erscheinen.
Es grüßt Sie herzlich
die Redaktion."

„Das ist aber doch wundervoll." Die Direktorin faltete den Brief sorgfältig zusammen und schob ihn Bärbel in die Hand.

Dem Mädchen liefen plötzlich dicke Tränen übers Gesicht. Nanu?

„Es ist bloß die Freude", stotterte Bärbel. „Was werden wohl meine Eltern dazu sagen?"

„Und die aus deiner Klasse", ergänzte Fräulein Theobald.

„Och, die finden mich sowieso langweilig und dumm", gestand Bärbel.

„Na, da müssen wir sie schleunigst vom Gegenteil überzeugen“, meinte Fräulein Theobald lachend. „Zeig ihnen nur den Brief. – Den Scheck gibst du am besten mir zum Einlösen. Du hast ja kein Konto bei der Bank. Ich zahle dir das Bargeld aus, ja?“

Bärbel nickte, meinte aber: „Wie ich es den anderen sagen soll, weiß ich nicht. Es sieht so gräßlich nach Angabe aus.“

„Dann überlaß es mir!“ Einen Augenblick überlegte die Direktorin, dann fuhr sie fort: „Verrate vorläufig auch deinen Eltern nichts. Ich habe einen Plan: Wir geben ein Fest.“

„Für mich?“ rief Bärbel erschrocken. „Bitte nicht.“

„Nicht für dich allein“, beruhigte Fräulein Theobald die ängstliche Bärbel. „Aber jedenfalls auch für dich. Paß auf! Wir veranstalteten doch jeden Sommer ein größeres Fest, manchmal auch nach den Ferien. Das geht in diesem Jahr nicht. Ich bin sicher, daß viele unsere Feier vermissen.“

„Ja“, Bärbel nickte eifrig. „Sie haben oft davon gesprochen.“

„Na, siehst du! Nun werden wir dieses Mal nur ein kleines Fest durchführen. Die Eltern einladen – das geht nicht. Wir wissen nicht, wo wir sie unterbringen können. Draußen ist es noch schön. In den nächsten Tagen bleibt es gewiß so, nach dem Wetterbericht. Wir können also im Freien sitzen, im Burghof. Vor allem werden wir ein bißchen spielen und ein paar gute Sachen essen. Aber wie wäre es mit Musik und einem kleinen Vortrag? Den Vortrag übernimmst du. Du liest einfach deine Geschichte vor.“

„Nie!“ protestierte Bärbel entsetzt. „Kein Wort bringe ich heraus. Ich fange todsicher an zu stottern.“

„Dann muß jemand anders lesen. Vielleicht Hilda aus der Vierten, die kann das sehr gut. Aber ich werde den anderen berichten, daß es deine Geschichte ist und daß du damit einen Preis gewonnen hast. Sollst mal sehen, was das für ein Hallo gibt! Deine Eltern lade ich auch ein.“

Gegen diese Vorschläge konnte Bärbel nichts einwenden, und Fräulein Theobald schickte sie in die Klasse zurück. Es erwies sich als gut, daß Bärbel den Mitschülerinnen gleichgültig war. Nur ein paar erkundigten sich: „Was wollte Fräulein Theobald von dir?“

Doch sie fragten nicht weiter, als Bärbel abwinkte: „Nichts Besonderes.“

Fräulein Theobald ging sofort ans Werk. Sie besprach mit Frau Hofmann die Bewirtung. Mit der Turnlehrerin überlegte sie, was für Spiele geeignet seien. „Am besten Wettspiele“, riet Fräulein Wilton. „Das spornt an und macht Spaß.“

Den Hausmeister informierte seine Frau über das Fest. Er überlegte, wo alle sitzen konnten, und schleppte Bänke, Tische und Bretter heran, wie sie bei solchen Gelegenheiten oft benutzt wurden.

Dann telefonierte Fräulein Theobald mit Bärbels Eltern. Sie versprachen zu kommen.

Blieb noch die Festmusik! Klavier wird das beste sein, sagte sich die Direktorin. Das Instrument kann im Haus bleiben, es muß nur dicht ans Fenster geschoben werden. Hella sollte etwas spielen. Vielleicht sangen später alle noch gemeinsam . . .

„Schick bitte Hella Lampert zu mir“, bat sie Elli, der sie auf dem Flur begegnete.

„Hella“, sagte sie zu dem Mädchen, das bald darauf in ihr Zimmer kam, „ich bitte dich um etwas: Wir wollen am kommenden Sonntag, also schon übermorgen, ein kleines Fest veranstalten, eine Ersatzfeier für unser großes Sommerfest, das in diesem Jahr ausfallen muß. Kannst du den musikalischen Teil übernehmen? Du spielst gut und brauchst nicht extra zu üben.“

Einerseits fühlte Hella sich durch diese Bitte sehr geschmeichelt. Auf der anderen Seite paßte es ihr gar nicht, daß sie den Lindenhofern das Fest verschönern sollte. „Verzeihen Sie,

Fräulein Theobald", erklärte sie deshalb nach kurzem Zögern, „ich muß für eine Weile mit dem Klavierspielen aufhören. Ich habe oft Schmerzen in der rechten Hand. Muskelschmerzen."

„So", sagte die Direktorin kurz, „das ist schade!" Sie machte weiter kein Wesen von Hellas Beschwerden, denn sie glaubte nicht daran. Daß Hella sich wenig nett zu den anderen Mädchen stellte, hatte sie natürlich längst bemerkt. Eingreifen konnte sie nicht gut, schließlich gehörte Hella nicht zu ihren eigenen Schülerinnen.

Ob es unter denen keine gab, die an Hellas Stelle Klavierspielen konnte? Fräulein Theobald überlegte . . . Marianne! Freilich! Marianne Urban war ja in Lindenhof erst heimisch geworden, seit die Eltern ihr die geliebte Geige geschickt hatten, auf der sie vorzüglich spielte. Aber genauso gut spielte sie Klavier. Fräulein Theobald zögerte nicht: Sie ließ Marianne rufen und sprach ganz aufrichtig mit ihr – über den eigentlichen Grund des Festes und auch über Hellas Absage. Marianne begriff schnell und versprach, ihr Bestes zu tun.

Bärbels Eltern kamen rechtzeitig. Die Direktorin empfing sie und ließ sie von Bärbel in das einfache Dorfgasthaus hinüberbringen, wo sie ihnen ein Zimmer bestellt hatte. So fiel ihnen zunächst gar nicht auf, daß von den anderen Eltern niemand kam. Als sie dann gegen drei ins Schloß zurückkehrten, herrschte im Burghof schon Hochbetrieb. Kaum wiederzuerkennen war der Platz. Ringsum standen Bänke und Tische mit gewaltigen Blumensträußen. Die Mädchen aus dem Dorf hatten die Gärten zu Hause geplündert und ganze Körbe voll Astern, Zinnien und Dahlien angeschleppt. Die Hofmitte war mit einem glatten Bretterboden ausgelegt. Dort konnten alle möglichen Wettspiele ausgetragen werden.

Herr und Frau Arnold sahen sich verwundert an, als sie ringsum nur junge Gesichter entdeckten, und die Mädchen staunten ebenso: Wer war das? Und weshalb hatte Fräulein Theobald sie eingeladen?

Auf die Antwort brauchten sie nicht lange zu warten. Die Direktorin brachte die Fremden zu den Plätzen neben sich und begann eine kurze Begrüßungsansprache:

„Diesmal ist unser Fest nicht so aufwendig und groß wie in anderen Jahren“, sagte sie. „Den Grund kennt ihr. Im nächsten Jahr wird es wieder anders, das verspreche ich euch. Dann sollt ihr mit euren Eltern in Lindenhof herzlich willkommen sein. Eine Ausnahme habe ich übrigens dieses Mal gemacht. Ich habe nämlich eine Überraschung für euch und ebenso für Herrn und Frau Arnold. Stellt euch vor: Bärbel, die dort recht verlegen sitzt, hat bei einer Zeitschrift in einem Wettbewerb mitgemacht und für ihre Geschichte tatsächlich den zweiten Preis bekommen. Sie sollte es euch selber sagen, aber sie geniert sich. So habe ich gedacht, dieses Fest ist die beste Gelegenheit, es allen, auch Bärbels Eltern, zu verraten. Und Bärbels Geschichte bekommen wir heute auch noch zu hören. Hilda liest sie nachher vor. Aber erst spielt Marianne uns etwas. Als erstes einen Tusch auf Bärbel.“

„Hoch soll sie leben . . . dreimal hoch“, sangen alle mit, und die blutrote Bärbel suchte vergeblich nach einem Mauseloch zum Verkriechen. Doch als sie sah, wie ihre Eltern sich freuten, strahlte sie auch.

Hella hatte mit Staunen gehört, daß Marianne spielen sollte. Das wird ein schönes Geklimper werden! dachte sie. Denn es war ihr bis dahin gar nicht aufgefallen, wie oft Marianne vor einem Klavier saß und übte. Und überhaupt – als ob es ihr je einfiele, auf die Musikkünste der Mädchen aus Lindenhof zu achten! Das hatte sie wirklich nicht nötig!

Marianne spielte. Sie hatte ein einfaches, fröhliches Stück aus Mozarts Tanzbüchlein ausgewählt, das manche von den anderen schon oft gehört und an dem ein paar sich sogar selber versucht hatten.

Aber wie Marianne es spielte! Ohne großen Aufwand, ganz einfach und natürlich, doch mit jener Leichtigkeit und Freude, die solch eine Melodie erweckte.

Hella war platt. Das hätte sie nicht erwartet. Und sie schämte sich. Wie hatte sie mit ihrem eigenen Können angegeben! Marianne hatte das sicherlich auch gehört und nichts dazu gesagt. Peinlich, sehr peinlich ... Die Folge: Hellas Wut auf die Lindenhofer wuchs. Irgendwie mußte sie sich rächen! Nicht einfach mit einem harmlosen Gespensterspiel – nein, sie sollten gründlich blamiert werden. Sie wollte etwas Besonderes ausbrüten.

Keiner von den Festteilnehmern ahnte etwas von Hellas dunklen Gedanken. Aber viele staunten über Mariannes schönes Spiel und klatschten freudig Beifall.

Dann warteten alle auf Bärbels Geschichte. Die Klassenkameradinnen sahen immer wieder auf ihre Mitschülerin, die so schüchtern zwischen ihnen saß. Sie wirkte genauso bescheiden und unbedeutend wie sonst – und hatte doch einen solchen Erfolg gehabt! Woher Bärbel überhaupt den Mut genommen hatte, sich an dem Preisausschreiben zu beteiligen, begriffen sie nicht.

„Seit wann weißt du von dem Preis?“ fragte die Klassensprecherin Uschi, als nach Mariannes Spiel zunächst einmal riesige Eisportionen aufgetragen wurden.

„Seit ein paar Tagen“, antwortete Bärbel schnell. Sie war gerade im Begriff, ihren Eltern entgegenzugehen, die aufgestanden waren und Bärbels Tisch zusteuerten.

„Mädel, was für eine Freude ist das!“ rief Frau Arnold schon von weitem. „Nun begreife ich auch, warum wir als einzige Eltern hier sind.“

„Du mußt uns den Brief der Redaktion zeigen“, sagte ihr Vater. „Bärbel, ich bin stolz auf dich.“ Herr Arnold war Redakteur an einer kleinen Tageszeitung. Daß seine Tochter diese Anerkennung gefunden hatte, freute ihn natürlich doppelt.

„Darf ich mit dem gewonnenen Geld tun, was ich will?“ fragte Bärbel.

„Selbstverständlich“, antworteten ihre Eltern.

„Fein, dann lade ich einmal die ganze Klasse ein, wenn wir wieder in Lindenhof sind. Kann ich es den anderen nachher gleich sagen?“ Lachend stimmten die Eltern zu.

Fräulein Theobald verschaffte sich energisch Gehör. Das war gar nicht so einfach, weil alle Mädchen aufgeregt durcheinanderschwatzten. Es bedeutete schließlich keine Kleinigkeit, daß eine von ihnen nun berühmt war! Gedruckt wurde ihre Geschichte sogar. Aber Fräulein Theobald klingelte mit ihrer großen Tischglocke so lange, bis alles still wurde. Dann erklärte sie: „Wahrscheinlich wollt ihr nun Bärbels Geschichte hören. Hilda wird sie euch vorlesen. Sie paßt übrigens recht gut in dieses alte Gemäuer, wo es ja ab und zu spuken soll.“

Das sagte sie lachend und zwinkerte ein bißchen mit den Augen, daß die Mädchen sich erstaunt ansahen. Hatte die Direktorin etwas gemerkt?

Doch zum Überlegen blieb wenig Zeit. Hilda stand auf, stellte sich mitten in den Burghof und las mit lauter Stimme Bärbels Geschichte vor.

Der Reiter ohne Kopf . . .

Eine knappe Stunde vor der Stadt war eine kleine Siedlung entstanden. Meist Wochenendhäuser, deren Besitzer nur an freien Tagen Türen und Fensterläden weit aufsperrten und im Sommer Liegestühle und Gartentische auf den Rasen schleppten. Aber es wohnten auch ein paar andere Leute dort, ältere Menschen, die nicht mehr täglich zur Arbeit mußten und ihre kleinen Gärten liebevoll pflegten.

Zweimal am Tag fuhr ein Omnibus vorbei und hielt am Dorfausgang, falls einer zum Einkaufen oder zum Arzt in die Stadt fahren wollte. Es gab auch ein paar Telefone, doch die gehörten in die Häuser, die während der Woche verschlossen blieben, ebenso ein paar Autos, die am Wochenende heranbrausten.

Zwischen der Siedlung und der Stadt lagen Wiesen und ein kleiner Wald. Dort, wo sie zusammenstießen, befand sich eine Schlucht, seit alten Zeiten der Schindanger genannt. Dort sollte es nicht geheuer sein, behaupteten manche Leute. Um Mitternacht ritte ein Reiter ohne Kopf durch die Schlucht. Das war natürlich nur eine Sage – wer glaubt heute noch an so etwas? Trotzdem wäre niemand gern in später Nacht dort entlanggegangen.

Nur die alte Frau Ziegler, die erklärte oft: „Ich täte es! Was die Menschen nur immer haben! Es geht doch alles natürlich zu, und Gespenster gibt es nicht." Die alte Zieglern – so nannten sie ihre Nachbarn – half überall, wo es not tat. Sie machte auch für viele Besorgungen in der Stadt, und wenn irgend etwas Besonderes los war, wurde sie geholt.

So hatte einmal Rentner Heinrich ein Enkelkind zu Besuch, Brigitte, ein liebes kleines Mädchen von knapp vier Jahren. Aber sie war auch ein wildes Ding. Sie kletterte am liebsten in den Bäumen herum. Und dabei fiel sie eines Abends von einer hohen Kastanie herunter.

Was für ein Schreck! Ihre Großmutter schleppte sie mühsam ins Haus, brachte sie ins Bett und machte ihr kühlende Umschläge. „Wenn bloß der Großvater da wäre!" jammerte sie. „Ich weiß mir ja gar nicht zu helfen." Der Großvater war mit dem Rad zu einem Freund gefahren, der ihm seine neuen Rosenstöcke zeigen wollte, und da blieb er gewöhnlich noch zu einem tüchtigen Schwatz hocken.

Die alte Zieglern hatte von dem Unglück gehört und ging zur Großmutter Heinrich hinüber. Die weinte und sagte immer wieder: „Wenn doch bloß mein Mann da wäre! Unser Brigittchen hat Fieber, und ich möchte gern den Doktor holen. Aber wer geht jetzt noch in die Stadt? Es ist ja stockrabenschwarze Nacht."

„Red nicht soviel", rief die alte Zieglern. „Ich tu's. Ich will mir bloß noch mein Kopftuch holen."

Draußen war es wirklich sehr dunkel. Sie konnte gar nicht so schnell gehen, wie sie wollte. Doch dann gelangte sie zu den hohen Pappeln, und ehe sie es sich versah, befand sie sich am Schindanger und im Wald.

In der Stadt trat sie in die erste Telefonzelle, die sie sah, suchte bei dem matten Licht die Nummer von Doktor Zenner und rief bei ihm an. Vielleicht kann ich mit ihm zurückfahren, sagte sie sich, dann bin ich noch vor Mitternacht zu Hause.

Aber der Doktor war unterwegs. Seine Frau versprach, ihn sofort zur Siedlung hinauszuschicken, wenn er heimkäme, und die alte Zieglern machte sich auf den Rückweg. In der Stadt war es still wie in der Kirche, ihre Schritte hallten die ganze Straße entlang. Mittlerweile ging der Mond auf, und sie konnte von weitem schon die hohen Pappeln hinter dem Schindanger erkennen. Ob sie nicht lieber die Landstraße entlangwanderte? Vielleicht holte der Arzt sie dann sogar ein, und sie konnte in sein Auto steigen? Aber sie sagte sich: Dann dächte ja wohl jeder, ich hätte mich gefürchtet!, und sie marschierte auf den Schindanger zu.

Als sie näher herankam, hörte sie von der Stadt her eine Kirchturmuhr schlagen: zwölfmal! Der alten Zieglern wurde plötzlich seltsam zumute. Jeder Schlag traf auf ihr Herz wie der Hammer des Schmiedes auf den Amboß. Und gerade als der letzte Schlag vorbei war, machte sich ein richtiger Sturm auf, daß es in den Bäumen rauschte. Und dann – alle guten Geister! – dann kam er an – der Reiter ohne Kopf! Nein, kein Reiter – ein Radfahrer, aber einen Kopf hatte er wirklich nicht. Mitten im Schindanger hielt er an, als ob er lauschte.

Rutsch, war die alte Zieglern im Graben und duckte sich wie ein Häufchen Unglück. Wenn sie später davon erzählte, sagte

„Ein Radfahrer ohne Kopf!" Erschreckt rutschte die alte Zieglern in den Graben

sie immer: „Meine Haare standen mir zu Berge, und meine Knochen zitterten, und mein Herz pumperte!"

Als der Radfahrer endlich an ihr vorbei war, schielte sie aus dem Graben heraus und sah ihm nach: Der hatte wahrhaftig keinen Kopf! Dann rappelte sie sich auf und rannte nach Hause. Als sie bei Heinrichs ankam, setzte sie sich auf den nächsten Stuhl und rief: „Ich bin mehr tot als lebendig!"

„Ja, was rennst du denn so?" fragte Frau Heinrich. „Und du bist eigentlich trotzdem recht lange geblieben. Mein Mann kam nach Hause. Er war schon unruhig und ist mit dem Rad losgefahren. Ist er dir nicht begegnet?"

„Wann ist er denn gefahren?"

„Vor einer halben Stunde", antwortete Frau Heinrich. „Aber horch, da kommt ein Auto. Das wird der Doktor sein. Hoffentlich ist mein Mann auch bald zurück."

Die alte Zieglern sagte nichts. Doch sie sah immer wieder zum Fenster hinaus.

Und endlich kam auch Großvater Heinrich. Den Mantelkragen hatte er hochgeschlagen und den Kopf zwischen die Schultern gezogen, wie es seine Gewohnheit war.

„Ist das ein wilder Sturm“, schimpfte er schon in der Haustür. „Und das Licht an meinem Rad funktioniert natürlich auch nicht. Ja, so ein Unglück kommt selten allein.“ Damit stolperte er die Treppe hinauf, krumm, wie er immer ging, als hätte er einen Buckel und als säße ihm der Kopf zwischen den Schultern.

Die alte Zieglern behielt die Geschichte lange für sich. Wenn sie aber später davon erzählte, erwähnte sie niemals, daß der Mann ohne Kopf auf einem Fahrrad gesessen hatte. Und mit der Zeit war sie selber fest davon überzeugt, daß sie wirklich den Reiter ohne Kopf gesehen hatte.

Beifall und herzliches Gelächter erklangen, als Hilda die Blätter zusammenfaltete und zu Bärbel hinüberbrachte.

„Hättest du das Bärbel jemals zugetraut?“ fragte Uschi heimlich ihre Nachbarin Elfi.

„Nie“, kam die Antwort. Beide gingen zu Bärbel hinüber und schüttelten ihr kräftig die Hand.

„Wie bist du bloß auf diese Geschichte gekommen?“ fragten ein paar Mädchen.

„Sehr einfach“, antwortete Bärbel lachend. „Das Gespenstern liegt hier ja in der Luft, wie Fräulein Theobald ganz richtig sagte. Und ich kenne eine Sage vom Reiter ohne Kopf, die habe ich einmal irgendwo gelesen. Als nun soviel vom Spuk die Rede war, fiel mir die Erklärung für einen kopflosen Menschen ein. Das übrige habe ich mir ausgedacht.“

„Phantastisch“, staunten alle, die zuhörten. „Und wie du es geschrieben hast!“

„Na, das ist weiter kein Wunder. Bärbel schreibt ja immer die besten Aufsätze“, erklärte Uschi. Sie sagte das vor allem zu den Mädchen aus den anderen Klassen, die Bärbel auch gratulieren wollten.

Dann ging das Fest weiter, ähnlich wie viele Feste in Lindenhof zuvor: mit Vorträgen, mit Liedern und Spielen. Die Lieder begleitete Marianne. Ihr machte das besonderen Spaß, seit sie Hellas Miene bemerkt hatte. Die ärgerte sich bestimmt nicht wenig!

Die Sportwettkämpfe und die Aufführungen fehlten diesmal. Es war ja bloß ein „Ersatzfest“. Auch Bärbel fand Zeit, der Klasse von ihrem Plan zu erzählen: „Wenn wir wieder in Lindenhof sind, lade ich euch alle zu einer Nachfeier ein.“ Da gab es noch einmal großen Beifall. Bärbel war von nun an die Heldin der Klasse, das verstand sich von selbst. Mit einem Schlag hatte sie Freundinnen, soviel sie nur wollte.

Zitterbiene und Kichererbsen

Die Zwillinge waren an diesem Tag aber auch nicht faul. „Die beste Gelegenheit, etwas anzustellen“, hatte Nanni gesagt und Karolin und Carlotta verständigt. So kam es, daß gegen Abend in einem der engen Gänge nahe dem Eingang eine wunderliche Gestalt stand: An ihrem hohen Hut war ein dichter weißer Schleier befestigt. An der Stelle, wo man die Augen vermutete, brannten zwei rötliche Lichter.

Ausgerechnet Elli kam als erste den Gang entlang, an dessen Ende ein Waschraum lag. Entsetzt fuhr sie zurück. Was war das? Ein echtes Gespenst? Sie vergaß, daß sie gerade Bärbels Geschichte gehört hatte, in der ein Spuk ganz einfach erklärt wurde, und wollte – stumm und starr vor Schrecken – wieder hinauslaufen.

Da kam ihr von der anderen Seite ein Mädchen aus der dritten Klasse entgegen. Das zeigte verstört zurück in die Richtung, aus der es kam: „Eine verschleierte Frau“, hauchte es.

„Dort auch“, flüsterte Elli zurück.

Aber so blamieren wollten sich beide nicht, daß sie den anderen ihre Angst zeigten. Sie gingen betont langsam hinaus, sahen sich bloß noch einmal scheu um, ob die Gespenster ihnen folgten, und berichteten draußen der jungen Turnlehrerin, die dicht an der Tür stand und die Spiele leitete: „Fräulein Wilton, in den Gängen stehen zwei Gespenster.“

Sie wollten es eigentlich lachend sagen, aber ihre blassen Gesichter und ihre zitternden Stimmen verrieten deutlich, wie ihnen zumute war. Eine von den Zwillingen war gerade in der Nähe und spottete sofort: „Auch ein Reiter ohne Kopf?“

„Sieh doch selber nach!“ antwortete Elli der Kusine wütend. Hanni sah sich um: Dort hinten erschienen gerade Nanni und Karolin mit lachenden Gesichtern und winkten ihr zu. „Alles in Ordnung!“ hieß das. Also antwortete sie Elli: „Tu ich auch“, und Fräulein Wilton sagte: „Ich komme mit. Ihr müßt uns aber den Weg zeigen.“

Zu viert hineinzugehen erschien bedeutend leichter. Doch aus Vorsicht hielten sich die zwei Mädchen zwei Schritte hinter den anderen.

„Dort entlang“, flüsterte Elli, „zum Waschraum.“ Dann freilich rieb sie sich die Augen ... Wo war die sonderbare, unheimliche Gestalt? Wie weggewischt ... Es befand sich doch keine weitere Tür dort als die zum Waschraum! Fräulein Wilton ging energisch darauf zu und riß sie auf: alles leer. Sie untersuchten den Raum gründlich, doch sie fanden nichts. Mit dem zweiten Gespenst verhielt es sich nicht anders. Die beiden Angsthasen mußten sich gründlich auslachen lassen, auch wenn sie den hohen Hut mit dem weißen Schleier und die glühenden Augen noch so genau beschreiben konnten. Ja, wenn sie sich halb so gut ausgekannt hätten wie die Zwillinge und ihre Verbündeten, dann hätten sie gewiß auch die kaum sichtbaren Tapetentüren entdeckt und dahinter einmal nachgeschaut!

Das Fest ging fröhlich weiter. Doch auf irgendeine Weise war der Reinfall von Elli und dem anderen Mädchen durchgesickert. Es wurde viel gekichert, wo sie sich sehen ließen.

Nach dem Abendlied, das sie zum Abschluß gemeinsam sangen, zeigte mit einemmal jemand nach dem Felsenschloß. Das Lied wurde nur von ein paar Unentwegten zu Ende gesungen, es klang zuletzt ganz dünn. Alle starrten zu einer Fensterhöhle hinauf. Dort stand eine merkwürdige Gestalt: plump, starr wie eine schlecht ausgestopfte Figur, darüber aber ein hoher weißer Hut.

„Ellis Gespenst!“ rief jemand.

„Da seht ihr's ja selber!“ kreischte Elli.

Aber wenn sie meinte, daß sie nun bestaunt und vielleicht sogar bemitleidet wurde, hatte sie sich geirrt. In das plötzliche Schweigen hinein klang Herrn Arnolds ruhige, tiefe Stimme: „Da hat sich jemand als Bienenvater verkleidet. Ich möchte mal wissen, was für Bienen er da oben sucht.“

Mit einemmal schrien alle vor Vergnügen, und Elli hatte ihren Spitznamen weg – „Zitterbiene“.

„War das nicht ein nettes Fest?“ So eröffnete Mamsell am nächsten Morgen die erste Stunde. „Und dazu die Geschichte von Bärbel! Wie stolz kann unsere Schule sein.“ Sie strahlte, und die Klasse versuchte, das Gespräch in die Länge zu ziehen. Die Übersetzungen und die gefürchteten unregelmäßigen Verben sollten ruhig ein bißchen zu kurz kommen.

„Toll, was wir seit ein paar Wochen alles mit Gespenstern erlebt haben“, meinte Bobby, und Jenni fügte hinzu: „Mein Lebtag habe ich nicht geglaubt, daß es so viele gibt.“

„Aber, liebes Kind“, verbesserte Mamsell sie sofort, „es gibt doch gar keine. Wir haben das ja gerade gestern erst wieder gemerkt. Denke doch an die Gestalt in der Fensterhöhle. Die sah zuerst wirklich zum Fürchten aus, und nachher entpuppte sie sich als Uniform eines Bienenzüchters."

Die Uniform – da kicherten schon wieder ein paar! Hanni fragte scheinheilig: „Wer mag sie bloß dort oben hingestellt haben? Ich hätte es nicht fertiggebracht."

„Es geht alles ganz natürlich zu", rief Jenni.

„Richtig", Mamsell nickte heftig, „alles geht natürlich zu und ist einfach zu erklären. Aber nun Schluß, liebe Kinder. Wir wollen lernen."

Was sie sagte, meinte sie wirklich. Doch ihre Überzeugung wurde noch am gleichen Abend auf eine harte Probe gestellt. Sie hatte sich schon ins Bett gelegt und war fast eingeschlafen. Da fuhr sie auf. Klick, klick, klick, ging es irgendwo . . . aber wo? Sie lauschte angestrengt, doch es blieb zunächst still. Schließlich legte sie sich wieder in die Kissen zurück. Klick! Nur einmal hörte sie es. Doch wieder wußte sie nicht, woher der Laut kam. Da . . . wieder: Klick, klick, klick! Das kam von links. Klopfte jemand? Klick klick! – das kam von der anderen Seite. In der Wand schien etwas zu hocken und Einlaß zu verlangen.

Eine Zeitlang blieb alles still, doch Mamsell traute der Stille nicht. Sie behielt recht: Es klickte wieder.

Das war zuviel für sie. Sie sprang auf, ergriff den Morgenrock und lief auf den Flur. Neben ihr wohnte Fräulein Wilton. Sie war recht resolut und immer vergnügt. Zu ihr flüchtete Mamsell. „Hallo, Fräulein Wilton, bitte kommen Sie", rief sie und klopfte heftig an die Tür.

Fräulein Wilton war noch auf, sie öffnete sofort. „Mamsell", rief sie erstaunt, „was gibt es?"

„Es klopft", antwortete die ältere Kollegin aufgeregt, „immer wieder macht es klick, klick oder klopf, klopf, klopf!"

„Nun, geklopft haben Sie, Mamsell, und zwar bei mir", meinte Fräulein Wilton lachend. „Doch warum?"

Mamsell lauschte angestrengt: Klick, klick, klick! machte es . . . aber wo?

„Bitte, bitte, kommen Sie in mein Zimmer, und lauschen Sie“, bat Mamsell eindringlich.

Fräulein Wilton ging mit und sah sich um. Alles war still. Fragend sah sie Mamsell an.

„Bitte setzen Sie sich“, bat Mamsell, „und verhalten Sie sich ruhig. Dann kommt's.“

Eine Weile saßen sie schweigend da. Fräulein Wilton wollte gerade aufstehen, da hörte sie etwas . . . War es ein Klopfen? Ein heller Laut, dem ähnliche Geräusche folgten. Fräulein Wilton war nicht leicht zu erschrecken. Sie wanderte durchs Zimmer. Jetzt hörte sie den Laut wieder – klick, klick, klick! – und ging ihm schnell nach. Sie faßte nach einem Bücherregal und zog ein paar Bände hervor. Dahinter stand ein Becher, der bis obenhin mit trockenen Erbsen gefüllt war, das heißt: Sie waren trocken gewesen. Das Wasser hatte sie aufgeweicht und quellen lassen. Dadurch drängten alle Erbsen, die oben lagen, aus dem Gefäß und fielen heraus. Das war also das „Klick".

Klick – machte es auf der anderen Seite. Fräulein Wilton ging dem Laut nach. Aha, sie trat schon auf eine Erbse, die auf den Boden gekullert war. Klick, machte es gerade wieder – oben auf dem Schrank. Sie griff hinauf und holte ein anderes Gefäß herunter. Zwischen den Erbsen steckte ein Zettel. „Alles natürlich!" stand darauf. „Alles ist einfach zu erklären."

Schmunzelnd las Fräulein Wilton vor. Die Wirkung war verblüffend: Mamsell begann schallend zu lachen. „Diese Kinder", rief sie vergnügt, „sie schlagen mich mit meinen eigenen Worten."

Fräulein Wilton lachte mit und verabschiedete sich. Am anderen Tag konnte sie es sich aber nicht verkneifen, am Mittagstisch laut zu sagen: „Frau Hofmann, falls Sie zufällig Erbsensuppe kochen wollen – ich kann Ihnen gut gequollene Erbsen zur Verfügung stellen!"

Um Mitternacht auf der Fräuleinwiese

Kurz danach fragte Margit Köcher die Zwillinge: „Habt ihr für Freitag etwas Besonderes geplant?" Sie schüttelten die Köpfe, und Margit sprach weiter: „Dann soll ich euch einladen, mit Vater und mir in unser Jagdhaus zu kommen. Hirsche haben wir nicht, dafür ist unser Waldgebiet zu klein. Aber vielleicht können wir Füchse und Rehe beobachten. Außerdem ist ein Herbstabend im Wald immer wunderschön. Habt ihr Lust?"

Komische Frage! Hanni und Nanni lachten nur. „Natürlich kommen wir mit, vorausgesetzt, daß Fräulein Jenks es erlaubt."

„Das laßt Vaters Sorge sein. Er fragt."

„Übernachten wir draußen im Jagdhaus?"

„Freilich! Ihr braucht aber kein Bettzeug mitzubringen. Es ist alles dort."

Als die anderen Freundinnen von dieser Einladung erfuhren, konnten sie ihren Neid kaum unterdrücken. Doch wie sollte ein halbes Dutzend Mädchen draußen untergebracht werden?

„Gönnen wir es den Zwillingen", sagte Bobby großmütig. „Sie sind nun einmal Glückskinder."

Sie waren es wirklich, denn Fräulein Jenks und Fräulein Theobald beurlaubten sie von Freitagabend an. Vergnügt stiegen sie zu Margit und ihrem Vater in den Jeep und winkten den anderen zu.

Lange dauerte die Fahrt nicht. Sie hielten vor einem einfachen kleinen Blockhaus. Der Förster schloß auf, zündete zwei große Laternen an und hatte seinen hellen Spaß an dem Staunen seiner Gäste.

Wer konnte wohl hinter den einfachen Holzbalken solch einen behaglichen Raum vermuten? Elektrisches Licht gab es nicht.

Doch es waren genügend Kerzen und Laternen vorhanden, die ausreichend Helligkeit verbreiteten.

Ein großer offener Kamin befand sich auch da, in dem die Holzscheite schon fertig aufgeschichtet lagen. Eins, zwei, drei – hatte der Förster das Feuer angezündet, und bald wurde es gemütlich warm. Ein gewaltiger Eichentisch mit weißgescheuerter Platte stand mitten im Zimmer, davor einfache, aber feste Stühle. An den Wänden hingen ein paar kleine Schränke und Regale, an den Seiten standen zwei schmale Liegen. Felle lagen darauf, und Felle lagen auch vor dem Kamin.

„Schlafen wir hier?" fragte Nanni neugierig.

„Nein, ihr müßt außen die Treppe zum Boden hinaufsteigen", erklärte Herr Köcher. „Dort gibt es Strohsäcke und Dekken genug. Margit, hole gleich Leinentücher aus der Truhe!"

Richtig, eine große Truhe stand auch noch in einer Ecke, eine Sitztruhe mit ein paar Kissen und Fellen darauf.

„Ist draußen ein Brunnen?“ erkundigte sich Hanni.

„Nein, aber eine Quelle und ein kleiner Bach mit wunderbar klarem Wasser. Am besten, ihr holt gleich ein paar Kannen voll ins Haus.“

Neugierig folgten die Zwillinge Margit auf einem schmalen Pfad durch niedriges Gehölz. Da hörten sie es schon plätschern! Die Quelle kam aus einem Felsen, und das Wasser wurde in einem kleinen Becken gesammelt, aus dem es dann durch Moos und Steine weiterfloß. Das Wasser sah wirklich sehr klar aus. Sie erkannten jede Maserung in den Kieseln am Grund des Beckens. „Probiert mal“, sagte Margit. „So gutes Wasser kriegt ihr nicht oft zu trinken.“

In einer schmalen Seitenkammer stand der Gaskocher, und Margit erwies sich als gute Köchin: Sie trug einen großen Napf mit Rühreiern und eine Kanne Kakao auf, als die Zwillinge noch die Teller und Becher von den Wandborden holten. Der Förster stopfte unterdessen behaglich seine Pfeife.

„Gehen wir nachher hinaus in den Wald?“ fragten die Zwillinge.

„Freilich, wir wollen doch ein wenig lauschen, was sich draußen alles tut.“

Warm verpackt in Anoraks und hohen Stiefeln, wanderten sie los. Es war schon ziemlich dunkel geworden. Jeder trug eine Taschenlampe, doch einstweilen konnten sie den Weg noch erkennen. Der Förster ging an der Spitze, Margit am Schluß. An einer kleinen Waldwiese hielten sie an.

„Steigt hinauf“, flüsterte Herr Köcher und deutete auf eine derb gezimmerte Leiter aus festen, behauenen Stämmen, die zu einem Hochsitz führte. Er selber kam als letzter hinauf und breitete sorgfältig die Decke, die er die ganze Zeit unterm Arm mitgeschleppt hatte, den drei Mädchen über die Knie.

„Rückt dicht zusammen“, sagte er, „damit ich mich auch noch dazuquetschen kann. Ein bißchen eng ist's. Aber nun müßt ihr eure Schnäbelchen halten.“ Dabei hatten sie auf dem ganzen Weg schon geschwiegen!

Da saßen sie nun mucksmäuschenstill und lauschten den Stimmen im Wald. Frösche quakten in einem nahen Weiher. Mäuse fiepten. Ein paarmal drangen verschlafene Vogellaute aus dem Blätterdickicht zu ihnen. Dort, wo keine Bäume mehr standen und das schwache Mondlicht hereinfiel, erkannten sie flatternde Fledermäuse.

Und einmal strich fast lautlos ein großer Vogel durch die Bäume: eine Eule. Dann aber schaute eine spitze Schnauze aus dem Gesträuch: Vorsichtig nach allen Seiten sichernd, schlich ein Fuchs heraus. Er war noch nicht lange auf der anderen Seite verschwunden, da schrie es gellend. „Sicher hat Reineke einen jungen Hasen erwischt“, brummte der Förster. Als es wieder still wurde, holte er ein Blatt aus der Tasche, steckte es zwischen die Lippen und ahmte das Fiepen einer Ricke nach. Es blieb still. Aber der Förster versuchte es ein zweites Mal, und nun bekam er Antwort.

Böh! Böh! schrie der Rehbock. Zweige knackten, wieder klang es: Böh! Böh!, aber nun viel näher, und durch die Büsche schaute ein gehörnter Kopf: Der Bock kam. Die Mädchen beugten sich vor, um ihn ja recht deutlich zu sehen. Noch einmal schrie er heiser, witterte nach allen Seiten und verschwand enttäuscht wieder im Dunkeln.

Eine ganze Hasengesellschaft tauchte auf, munteres Volk, das sich im Mondlicht zu haschen schien. Sie fraßen sich hastig satt, horchten dabei immer ängstlich, ob ja kein Feind in der Nähe sei. Plötzlich wurde es ringsum lebendig, und die Hasen verschwanden sofort. Aufgeregt flatterten große Vögel um einen Baumstamm, in dem sie ihr Nest hatten.

„Habichte“, flüsterte der Förster.

Ein Vogel war verwundet, er stürzte ins Gras. Und da huschte schon ein anderes Tier durch die Halme und trank das Blut aus der Wunde, die es dem Vogel beim Überfall selber beigebracht hatte: ein Marder. Er schlich nachts an den Stämmen entlang und suchte sich seine Beute.

Die Mädchen schauderten zusammen, als sie den Räuber beobachteten. Förster Köcher stand auf und reckte die steifen Glieder. „Schluß für heute!“ sagte er. „Ihr müßt ins Bett.“

„Merkwürdig“, meinte Hanni nachdenklich, als sie wieder unten auf der Wiese standen. „Von solchen Jagderlebnissen hat man nun so oft gelesen, und man glaubt, man kennt das alles. Doch wenn man es selber erlebt, ist es ganz anders.“

„Nun könnt ihr reden, soviel ihr Lust habt“, sagte der Förster. „Vergeßt aber dabei nicht, auf den Weg zu achten, damit keiner stolpert!“

Sie schlugen einen anderen Weg ein. „Vati, können wir nicht an der Fräuleinwiese entlangwandern?“ rief Margit.

„Freilich!“ Der Förster wandte sich nach links.

„Fräuleinwiese?“ fragte Nanni. „Wieso?“

„Weil dort die seligen Fräulein in klaren Mondnächten tanzen.“

„Wer ist das?“

„Verliebte Ritterfräulein“, erzählte Margit, „die sich heimlich mit ihren Freunden trafen. Dem Ritter paßte das gar nicht. Er sperrte sie ein und ließ sie verhungern. Nun geistern sie hier herum.“

„Doch wie hat er sie entdeckt?“ fragte Hanni. „Diese Wiese ist ja ein ganzes Stück vom Schloß entfernt.“

„Was ihr alles wissen wollt!“ Der Förster lachte. „Vielleicht hatte jemand sie beobachtet, wenn sie herritten, einer, der eifersüchtig war und sie ihrem Vater verriet.“

„Schön gemein“, rief Nanni empört.

„Dort ist die Fräuleinwiese", meldete Margit und zeigte auf einen schmalen Wiesenstreifen mit einem Bach. „Aber die jungen Damen sind nicht da."

„Schade", meinte Hanni, „ich hätte gern einen echten Rittertanz gesehen."

„Du kannst dafür wenigstens noch den Baum bewundern, den sie als Briefkasten benutzten", erzählte Margit weiter. „Dort hinten die alte Eiche ist es. Man sagt, ihre Liebhaber hätten die Briefe darin versteckt. Sie holten sie ab und legten ihre Antwort hinein."

„Schreiben konnten sie also auch schon", spottete die unverbesserliche Hanni. „Da will ich gleich nachsehen, ob nicht ein Brief liegengeblieben ist!" Sie rannte zur Eiche und durchsuchte ein tiefes Loch im Stamm. Aber – brrr! – darin lag nur feuchtes Moos und ein paar alte Federn.

„Ich überlege bloß, was passierte, wenn eine mal den falschen Brief erwischte, der vielleicht für ihre Schwester bestimmt war", meinte Nanni.

„Na, das gab dann sicher einen Riesenkrach." Hanni war von diesem Einfall begeistert. „Stellt euch vor, ich wäre das Ritterfräulein Adelgunde und hätte gerade einen Brief herausgeholt." Sie preßte ein Stück Rinde ans Herz und flötete: „Liebste Schwester, er schrieb mir, mein Archibald! Welch ein Glück!" Sie studierte das Rindenstück und las laut: „Geliebte Anastasia ... ach ..."

Sofort riß Nanni ihr die Rinde aus der Hand und kreischte entrüstet: „Diebin! Dies schrieb mein Roderich! Wie kannst du es wagen?"

Und nun führten die übermütigen Zwillinge eine Szene auf, in der sie sich ständig bedrohten, an den Haaren zogen und sich ankeiften.

Margit und ihr Vater standen sprachlos daneben und brachen schließlich in lautes Gelächter aus.

„Ihr seid ja die geborenen Komiker", meinte Herr Köcher. „Solch ein Theater hat die Wiese bestimmt noch nie gesehen, noch dazu in der Geisterstunde."

„Ja, es ist direkt ein Jammer, daß euch niemand aus der Schule belauschen konnte. Das hätte eine hübsche Gespenstergeschichte abgegeben."

„Ritterfräuleins in Blue jeans und Anoraks", sagte Hanni lachend. „Daran hätte noch nicht einmal unser Mamsellchen geglaubt."

Sie schliefen spät ein, weil es immer wieder etwas zum Kichern gab, und wurden am Morgen erst spät wach. Der Förster war längst unterwegs im Wald. Eilig liefen sie mit ihrem Waschzeug zum Bach, zogen sich dann an und stellten Kaffeewasser auf.

Noch ehe der Förster zurückkam, hupte es draußen. Das gab eine Überraschung: Vor der Hütte stand Köchers Auto. Margits Mutter holte gerade ein paar Körbe aus dem Kofferraum.

„Und die Buben sind auch dabei!" rief Margit begeistert. „Kommt, wir decken vor der Hütte."

Sie hatten am Abend gar nicht den Tisch und die Bänke an der einen Hausseite beachtet. Nun bereiteten sie dort, als die stürmische Begrüßung vorbei war, schnell alles fürs Frühstück vor. Da erschien auch der Förster. Er staunte nicht wenig. „Wo hast du unsere Babys gelassen?" fragte er seine Frau.

„Bei der Nachbarin. Sie hat versprochen, drei Stunden bei ihnen zu bleiben. Dann müssen wir wieder daheim sein. Aber die Buben bettelten so, sie wollten gern wieder einmal heraus."

„Raupen sammeln", kicherte Nanni.

Das waren gute Sachen, die Frau Köcher mitgebracht hatte: einen frisch gebackenen Hefezopf und leckere Marmelade dazu, für jeden ein Ei und zum Schluß sogar knusprige Waffeln. Ein üppiges Frühstück also und dazu den wundervollen Eßplatz in der schönen Morgensonne.

„Daran werden wir noch oft denken", versicherten die Zwillinge immer wieder.

„Wie wäre es, wenn ihr Mädchen mit mir nach Hause fahren würdet?" fragte Frau Köcher. „Dann könnten die Buben mit Vater noch länger draußen bleiben. Essen für die drei Männer habe ich mitgebracht."

Das war ein Vorschlag, der allen gefiel, und eine Stunde später brach Frau Köcher mit den Mädchen auf.

„Hella, du spinnst!"

„Die haben sich ganz schön breitgemacht in unserer Schule", sagte Hella am Tag nach dem Fest zu zweien von den größeren Mädchen aus Funkelstein. „Einen Denkzettel sollten wir ihnen deshalb wirklich geben."

Die beiden sahen sie verwundert an, und die eine, Elsa, die bestimmt nicht als Freund der Lindenhofer galt, schüttelte den Kopf. „Ich finde langsam, daß du einen Tick hast, Hella", erklärte sie. „Gewiß, wir sind den Schulbetrieb anders gewöhnt. Manche von den Mädchen benehmen sich auch wirklich reichlich dreist, obwohl sie doch eigentlich nur zu Gast sind. Aber so schlimm kann ich sie beim besten Willen nicht finden."

„Na, das Fest war doch einfach kindisch."

„Hella, du spinnst", sagte nun auch die zweite. „Mir hat es sogar richtigen Spaß gemacht. Übrigens hat diese Marianne doch sehr hübsch Klavier gespielt."

„Meinst du?" Hella wurde wütend. „Sie hat wohlweislich leichte Sachen ausgesucht, damit sie sich nicht blamierte. Ich hätte mich geniert, auf einem Fest so etwas Simples zu spielen."

„Hättest du? Ach, und warum hast du nicht? Ich habe etwas läuten hören, als hätte Fräulein Theobald dich zuerst gefragt."

„Ich kann im Augenblick gar nicht recht spielen, meine Finger schmerzen."

„Armes Kind", sagte Elsa spöttisch und fuhr ernsthaft fort: „Ich will von dir nichts mehr über die Lindenhof-Mädchen hören. Du bist eifersüchtig, fühlst dich nicht genug beachtet und hofiert. Wir kennen das ja, du benimmst dich in deiner eigenen Klasse oft ähnlich."

„Erlaube mal . . .", rief Hella empört. „Wie kannst du das behaupten?"

„Weil ich es weiß. Du vergißt, daß mein Bruder in deine Klasse geht."

Peng! – Hella machte eine Kehrtwendung und stolzierte davon. Die Tür schmetterte sie zu.

So weit war es also gekommen! Jetzt hielten ihre eigenen Schulkameradinnen zu den Fremden! Hella fühlte nur noch Wut und blinden Haß um sich. Sie mußte ihr Mütchen kühlen, aber bald, sonst zerplatzte sie . . .

Der Zufall kam Hella zu Hilfe.

Es wurde ein Wandertag angesetzt. „Ihr müßt ein bißchen mehr von der Landschaft sehen", meinte Fräulein Jenks, als sie in der Vierten den Plan ansagte. „Ich schlage vor, daß wir zum Fluß hinunterwandern, und dann am Ufer entlanggehen."

„Wollen wir den Geheimgang suchen?" rief Jenni.

„Geheimgang? Was für einen meinst du?" fragte die Lehrerin erstaunt.

„Der vom Schloß hinunterführen soll. Herr Hofmann hat das bei der Führung gesagt."

„Ach ja – aber er erzählte auch, daß dieser Gang nie gefunden wurde. Meinst du, daß ausgerechnet wir ihn finden?"

„Vielleicht", antwortete Jenni übermütig.

Fräulein Jenks beschloß, gut aufzupassen, daß Jenni sich bei der Wanderung keine Extratour leistete. Sie hatte außerdem noch einen Dämpfer für die Übermütigen parat: „Morgen sind wir also unterwegs. Und übermorgen schreiben wir eine Arbeit in Mathematik."

„Wa-a-a-as? Gleich nach dem Wandertag? Da können wir uns ja gar nicht vorbereiten."

„Das wird auch nicht nötig sein. Es sind alles Wiederholungen. Außerdem suche ich Textaufgaben aus, da kommt es mehr aufs Denken an."

Du liebe Zeit! Die Klasse saß betroffen da und hatte allen Spaß an dem Wandertag verloren. Doch der Trübsinn hielt nicht an. Am nächsten Morgen lachten sie wieder und wanderten vergnügt los. Fräulein Jenks hatte das nicht anders erwartet. Auch sie freute sich auf den schönen Tag und plauderte fröhlich mit den Mädchen.

Nach einer Stunde hatten sie eine Stelle am Fluß erreicht, die zum Rasten wie geschaffen war. Der Hausmeister hatte sie der Lehrerin auf der Karte eingezeichnet. Das steinige Ufer war breit, so daß sie Platz zum Lagern hatten. Alle packten ihre Frühstücksbrote aus, die Frau Hofmann ihnen morgens auf den Kaffeetisch gelegt hatte. Fräulein Jenks setzte sich aus guten Gründen in die Nähe von Bobby und Jenni. So behielt sie die unternehmungslustigen Freundinnen im Auge.

Was sie aber nicht sah, war der Zettel, der aus ihrer Tasche fiel. Hella entdeckte ihn, warf einen kurzen Blick darauf und stellte fest: Da standen die Aufgaben für die Klassenarbeit am nächsten Tag drauf. Mit Lösungen! Sollte sie ihn Fräulein Jenks zurückgeben? Sie zögerte. Vielleicht glaubte die Lehrerin, daß sie sich die Lösungen abgeschrieben hatte. Die Lehrerinnen von Lindenhof waren ja genauso voreingenommen wie die Mädchen! Sollte Fräulein Jenks also ruhig nach ihrem Zettel suchen! Andererseits blieb der Klasse dann die Arbeit erspart, und das gönnte Hella den anderen auch wieder nicht. Was also tun?

Da hörte sie, wie die Zwillinge gerade von Mitternachtspartys sprachen und kicherten. „Wißt ihr noch: Tessies Party?" fragte

Hanni. „Als Erika uns verpetzen wollte und bei Mamsell klopfte?"

„Ach ja, wir feierten im Musikzimmer."

„Im Musikzimmer?" Das fragte Marianne. Sie war damals noch nicht in Lindenhof. Neugierig erkundigte sie sich: „Habt ihr etwa Musik gemacht?"

Nanni lachte. „Hast du eine Ahnung! Würstchen gebraten haben wir und Pralinen gefuttert."

Hanni kicherte. „Wir haben sogar den Schrank ausgeleert und statt Notenblättern und Liederbüchern eine Obsttorte, Schokolade und andere Leckereien darin aufbewahrt."

Marianne lachte schallend und rief ziemlich laut: „Laßt das bloß niemand von Funkelstein hören! Wie kann man mit der hohen Musik seinen Spott treiben! Ihr Kunstbanausen!" Das war reiner Hohn.

Hilda machte „pscht!" und deutete mit den Augen zu Hella hinüber. Doch die hatte sich umgedreht und tat, als hätte sie nichts gehört. Innerlich aber kochte sie vor Wut. Wieder diese Marianne! Nicht genug, daß sie die Ursache für den Streit mit Elsa war – nein, jetzt machte sie sich auch noch vor den anderen lustig über Funkelstein und die Musikfreunde!

Hella begriff nicht, wie ungerecht sie war. Sie wußte bloß eines: Dieser Marianne mußte sie eins auswischen, und zwar sofort. Sie griff in ihre Tasche, holte den Zettel mit Fräulein Jenks' Notizen hervor und rief: „Marianne, dieses Blatt ist aus deiner Tasche gefallen." Dabei hielt sie es so offen und so dicht an die Lehrerin, daß diese unwillkürlich darauf blickte und natürlich ihre eigenen Notizen erkannte.

„Zeig mal", sagte sie und nahm Hella das Blatt aus der Hand, „das ist ja mein eigenes Blatt."

„So?" Hella tat erstaunt. „Aber Marianne hat es doch verloren."

„Marianne, wie kommst du zu diesem Papier?"

„Dieser Zettel ist aus deiner Tasche gefallen", betonte Hella scheinheilig

„Ich?" Marianne ging näher, warf einen Blick darauf und zuckte die Schultern: „Nie gesehen."

„Marianne, Hella hat beobachtet, daß du den Zettel verloren hast." Forschend betrachtete Fräulein Jenks die beiden Mädchen, die vor ihr standen.

Marianne meinte ruhig: „Dann hat Hella sich eben geirrt. Das soll einem Genie ja gelegentlich passieren."

Hella protestierte: „Ich habe schließlich Augen im Kopf!", und Marianne konterte: „Mit reichlich blauem Dunst davor."

Fräulein Jenks bremste die Streithähne: „Seid jetzt beide still. Ich möchte nur noch eines wissen, Hella: Wann hast du gesehen, daß dieses Blatt aus Mariannes Tasche fiel?"

„Vorhin, kurz bevor wir hier lagerten."

„Dann ist es jedenfalls nicht in falsche Hände gekommen. Wir können die Arbeit also morgen ruhig schreiben."

Mehr sagte Fräulein Jenks nicht, doch eines war nun klar: Sie glaubte nicht an Hellas Behauptung. Sonst hätte sie ja auch annehmen können, daß andere aus der Klasse das Blatt gesehen und vielleicht die Lösungen abgeschrieben hatten. So verstand Marianne die Lehrerin, und damit hatte sie recht. Daß es für alle Lehrerinnen, auch für die Direktorin selber, nicht einfach war, mit den fremden Schülerinnen so streng zu verfahren wie mit den eigenen, das hatten die Mädchen längst bemerkt. Außerdem: Sie waren ja nur noch wenige Tage zusammen.

Hella empfand etwas Ähnliches. Sie konnte sich über ihre „Heldentat" nicht freuen.

Fräulein Jenks mahnte zum Aufbruch. Dabei fielen ihr Jenni und Bobby ein. Auf die beiden hatte sie während der Streiterei zwischen Marianne und Hella nicht geachtet. Natürlich, sie waren verschwunden! Niemand konnte sagen, in welche Richtung sie gegangen waren. Alle hatten der Auseinandersetzung um den Zettel gelauscht. Also waren ihr die pfiffigen Geschöpfe doch durch die Lappen gegangen! Fräulein Jenks biß sich auf die Lippen, um nicht laut herauszulachen. Dabei war ihr eigentlich gar nicht nach Lachen zumute. Sie wußte wohl, daß es im kalkigen Ufergelände Höhlen gab. Wo aber sollte sie anfangen zu suchen? Rufen hatte keinen Sinn. Die beiden waren nirgends zu sehen, also irgendwo hineingekrochen, wo sie nichts hören konnten.

„Paßt auf, wir trennen uns. Eine Gruppe geht nach rechts, das heißt in die Richtung, aus der wir kommen, eine andere nach links. Ich gehe mit der zweiten Gruppe. Hilda, du als Klassensprecherin führst die erste. Hier ...", Fräulein Jenks kramte in ihrer Tasche, „... hast du eine Trillerpfeife. Zweimal pfeifen heißt: Wir haben sie gefunden! Dreimal: Bitte schnell kommen! Geht gleich los. Aber versucht nicht etwa, selber in eine Höhle zu dringen. Zwei verlorene Schäfchen genügen!"

Fräulein Jenks vermutete, daß die Ausreißer weitergegangen waren. Nach der Biegung des Flußlaufes konnten sie dort zunächst am wenigsten entdeckt werden. Eine Höhle kam bald, Fräulein Jenks ging hinein. „Daß mir ja keine folgt!" rief sie über die Schulter zurück. Ihre Taschenlampe hatte sie dabei. Die brauchte man auf Schulausflügen oft. Das wußte sie aus Erfahrung. Die Höhle sah nicht tief aus, und sie kehrte wieder um. Die Mädchen draußen waren ein Stück weitergegangen und standen anscheinend vor einer neuen Höhle. Sie fuchtelten heftig mit den Armen und deuteten auf eine Stelle vor sich. „Hallo!" riefen sie immer wieder hinein und schienen auf Antwort zu lauschen.

Im Sturmschritt marschierte Fräulein Jenks hin. Ja, hier war es wahrscheinlicher, daß die beiden ihr Glück versucht hatten. Die ausgehöhlte Stelle sah weniger breit aus als die vorige, sie schien aber tiefer in die Erde zu gehen. Wieder tappte die Lehrerin vorsichtig ins Dunkle, und sie kam viel weiter, als sie angenommen hatte.

Plötzlich stand sie vor ein paar Stufen, vor richtig zementierten Stufen! „Hallo!" rief sie. „Hallo!" Aber sie bekam keine Antwort. Unterhalb der Stufen war tatsächlich etwas wie ein Gang, und der machte plötzlich eine scharfe Wendung. Und ganz vorn blitzte etwas wie der Schein einer Taschenlampe. Waren das die Ausreißer? Fräulein Jenks verspürte mehr Erleichterung als Zorn. Doch dann bekam sie einen Schreck: Der Laternenschein kam näher, und sie erkannte einen jungen Arbeiter, der ihr zurief: „Sind Sie Fräulein Jenk oder Jank?"

„Ja", antwortete sie, auf weitere Schreckensnachrichten gefaßt, „haben Sie die Mädchen gefunden?"

„Die hocken dort hinten und können nicht vor und zurück. Eine ist ausgerutscht und hat sich den Fuß verstaucht. Ihre Laterne hat sie dabei auch zerbrochen. Das wäre eine schöne Geschichte geworden, wenn ich nicht gerade heute den Kontrollgang zum Wasserbehälter gemacht hätte. Nun haben sie mich losgeschickt, um nach Ihnen zu suchen."

Das war ja heiter! Fräulein Jenks fühlte sich gar nicht mehr erleichtert, dafür aber sehr zornig. Die Mädchen waren alt genug, um zu wissen, wie sie sich auf einem Schulausflug verhalten mußten.

Sie überlegte: Am besten sagte sie zunächst den anderen draußen Bescheid und rief auch die zweite Gruppe zurück. Das verlängerte freilich für Bobby und Jenni die Wartezeit, aber sie hatten Strafe verdient.

„Können Sie uns helfen, oder müssen Sie gleich weiter?" fragte sie den Mann.

„Ich helfe Ihnen selbstverständlich", sagte er. „Vielleicht ist es aber gut, wenn wir ein Seil und noch eine Laterne holen. Kurz hinter den Stufen ist eine Kammer, wo wir die Sachen finden."

Eine halbe Stunde später kamen die Höhlenforscherinnen wieder ans Tageslicht, sehr kleinlaut. Denn eine mißglückte Expedition erregt meist wenig Mitleid, aber um so mehr Spott. Jenni hatte außerdem Schmerzen am linken Fuß und mußte auf einer Schubkarre nach Funkelstein zurückgefahren werden.

„Ein besseres Fahrzeug haben wir nicht, edle Dame!" sagte Fräulein Jenks mit grimmigem Spott. „Immer noch besser als mit gebrochenem Fuß im Krankenwagen liegen."

„Oder auf dem Armesünderkarren zum Galgen", rief Doris vorlaut. Sie nahm sich vor, in Lindenhof bei der ersten Gelegenheit eine ganz große Schau abzuziehen, in der Jennis Unfall eine bedeutende Rolle spielen sollte.

„Es wird höchste Zeit, daß wir nach Lindenhof zurückkommen", meinte Fräulein Theobald, als sie diese Geschichte hörte. „Die Mädchen sind außer Rand und Band geraten und werden erst dort wieder in die gewohnte Ordnung kommen."

Nach ein paar Telefonaten sagte sie am nächsten Tag beim Frühstück: „Ihr müßt anfangen, eure Sachen zusammenzuräumen. Die Bauerei in unserem eigenen Haus ist fertig. Ich denke, daß wir spätestens in vier Tagen hier aufbrechen können."

„Das geht aber schnell", flüsterte Karolin. „Viel zu schnell! Es war so lustig mit euch allen."

„Die Frage ist bloß, was wir mit euch Mädchen aus der Funkelsteiner Schule machen", fuhr Fräulein Theobald fort. „Bis zur Rückkehr eurer Mitschüler werden gewiß noch vierzehn Tage vergehen. Habt ihr Lust, für diese Zeit nach Lindenhof zu kommen? Als unsere Gäste natürlich. Bitte, sprecht mit euren Eltern darüber und gebt mir dann Bescheid."

Der Türkenhund

In der übernächsten Nacht gab es noch einmal eine Aufregung, von der diesmal das ganze Internat erfaßt wurde. Das geschah zwei Nächte nach dem Wandertag. Es war still im Schloß. Die Mädchen aus Lindenhof gaben sich nicht mehr so übermütig wie in der letzten Zeit. Sie freuten sich, einmal unter ganz anderen Verhältnissen zu leben. Das Schloß hatte etwas Geheimnisvolles.

„Romantisch", hatte Elli einmal gesagt.

Aber ihre Kusinen hatten sich an die Stirn getippt. „Was nennst du romantisch, Elli?" hatte Hanni gefragt, und als sie keine klare Antwort bekam, hatte sie weitergebohrt: „Die gräßlichen Zustände während der Raubritterzeit? Die unbehaglichen Wohnverhältnisse von früher? Bilde dir ja nicht ein, daß die es damals so gut hatten wie wir heute. Die Wasserleitung und die Zentralheizung sind erst vor ein paar Jahren gelegt worden. Damals hättest du auch nicht gleich mit deiner Mutti telefonieren können, wenn du ein neues Kleid haben wolltest."

Nein, an so verschwommenen Gefühlen lag es nicht, daß sie gern in Funkelstein lebten. Aber die Vergangenheit war ihnen lebendiger geworden. Sie hatten begriffen, daß die Geschichtsbücher nicht bloß zum Auswendiglernen da waren, sondern auch zeigten, wie die Welt früher war und wie sie sich langsam gewandelt hatte.

„Und weiter wandeln wird", sagte Doris tiefsinnig. Nun sollte also auch Funkelstein für sie bald Vergangenheit sein . . .

Es war gegen elf. Alles schlief, auch die Lehrerinnen. Da gab es draußen auf dem Gang plötzlich entsetzlichen Lärm. Türen flogen auf und zu, ein Hund bellte wütend, es klapperte die Treppen hinauf und hinunter. Das Licht ging nicht an, als ein paar Mutige es anknipsen wollten. Sie saßen alle im Dunkeln und horchten auf die fürchterlichen Geräusche . . .

Wo war bloß Herr Hofmann? Merkte er nichts von dem ganzen Spuk? Doch! Fräulein Theobald hatte ihn durchs Haustelefon herbeigerufen. Er trug seine größte Laterne und schloß bedächtig die Haustür auf.

Doch bevor er noch ins Haus trat, klirrte es. Wieder bellte ein Hund, vielmehr er jaulte in Todesangst. Und dann raste etwas Klirrendes, Klapperndes über den Hof, über das Steinpflaster und . . . war verschwunden.

Endlich gingen Türen auf. Verschlafene, ängstliche Gesichter schauten auf den Flur. „Was war los? Ist etwas passiert?" Niemand konnte es sagen.

Herr Hofmann öffnete Tür um Tür. Plötzlich blieb er stehen. Das war doch der Gemeinschaftsraum der Vierten! Warum stand er offen?

Neugierig sah der Hausmeister hinein. Gute Ordnung schien in dem Zimmer nicht zu herrschen. Ein paar Hefte lagen auf dem Fußboden. Ein Stoß Bücher lag auseinandergerissen herum. Dann begriff er: Hier hatte der Einbrecher herumgetobt. Doch was hatte er gesucht? Vor allem, wie war er hereingekommen?

Fräulein Theobald ging inzwischen durch die Räume und versuchte, die Mädchen zu beruhigen. Fräulein Jenks, Fräulein Wilton und Fräulein Roberts unterstützten sie. „Es ist alles in Ordnung, schlaft ruhig weiter. Herr Hofmann durchsucht das ganze Schloß. Keine Angst, euch geschieht nichts.“ Erklären konnten sie sich aber alle die Geschichte nicht. Sie hätten lauschen sollen, als Elsa mit ihrer Zimmerkameradin tuschelte. Es waren auch nur Vermutungen, aber . . .

Als die Mädchen morgens durch die Flure gingen, fanden sie noch Spuren von dem nächtlichen Herumtreiber. Eine Jacke lag auf dem Boden, an einer anderen Stelle zerfetzte Hefte, und Doris jauchzte: „Mein Rechenheft! Das ist ein Glück, wenn ich die Fehler darin nicht mehr sehe!“

Das Glasfenster der Eingangstür war zerschlagen, als sei jemand hindurchgeflüchtet. „Schon möglich“, meinte Herr Hofmann. „Als ich aufschloß, stürmte etwas an mir vorbei. Aber das ging so schnell. Alles war finster, da konnte ich nichts erkennen.“

„Außerdem wurde mein Mann aus seinem besten Schlaf gerissen, und er war bestimmt noch nicht hellwach“, setzte seine Frau schmunzelnd hinzu. „Das ist doch keine Schande“, besänftigte sie ihn sofort, als er ihr mit dem Finger drohte. „Sei froh, daß du einen gesunden Schlaf hast.“

Das größte Entsetzen gab es bei der Vierten, als sie ihren Gemeinschaftsraum betraten. Sie hatten am Tag vorher schon viele ihrer Sachen zusammengepackt. Nun lag alles wüst durcheinander, manches sogar beschädigt.

„Außerdem stinkt es nach Hund“, meinte Carla. Die anderen lachten. Zu der sanften Carla paßte solch kräftige Redeweise gar nicht. Doch sie hatte recht, das ließ sich nicht leugnen, es roch nach einem Hund. Wie aber sollte einer hereingekommen sein? Wer steckte dahinter? Eine von ihnen mußte ihn ja doch hereingeschleust haben. Warum? Wer tat es?

Die Zwillinge überlegten gemeinsam mit Hilda und Bobby. Eine von ihnen mußte es gewesen sein, an der Klasse blieb es hängen. Bestimmt war ein Hund im Schloß gewesen, das stellten schließlich auch andere fest.

An der Vierten blieb es hängen – diese Auffassung vertrat auch die Direktorin, die sich im geheimen freilich ihre Gedanken machte. „Will die Betreffende sich nicht melden?" fragte sie. „Es wird mich interessieren, weshalb sie den ganzen Trubel veranstaltet hat."

Niemand meldete sich.

„Nun gut", erklärte Fräulein Theobald, „dann soll dieses Rätsel also ungelöst bleiben. Aber ich verlange von der Klasse, daß sie alle Verwüstungen in Ordnung bringt, die heute nacht angerichtet wurden. Ich kann das von Frau Hofmann nicht verlangen und muß mich an die Klasse halten. Falls ihr mir die Schuldige nennen könnt, meldet sie. Dann kann sie es allein erledigen."

Wortlos gingen die Mädchen ans Werk. Ein paar maulten freilich, aber sie wurden von den anderen mitgerissen. Die Zwillinge schielten zu Hella hinüber. Sie strengte sich gewiß nicht an, doch sie machte mit. Dann geschah etwas Sonderbares: Elsa winkte Hilda und die Zwillinge, die nebeneinander arbeiteten, zu sich heran. Zögernd gingen die drei hinüber.

„Bitte hört mich an", sagte Elsa. „Daß Hella hinter der Sache steckt, habt ihr wahrscheinlich ebenso angenommen wie ich auch. Sie hat bestimmt den Hund hereingebracht. Es war der Türkenhund. Ich habe Beweise."

Der Türkenhund? Staunend hörten die drei zu. „Was ist das nun wieder?" fragte Hanni. „Hier gibt es wahrhaftig immer neue Überraschungen."

Elsa lachte. „Er gehört der Familie Türk. Rolf Türk ist mit Hella befreundet. Sie ist oft auf dem Hof. Der Hund kennt sie deshalb gut und folgt ihr. Ich war vorhin auf dem Türkenhof. Die schüttelten immer noch die Köpfe über das, was mit ihrem

„Ich weiß, wem wir diesen nächtlichen Spuk zu verdanken haben“, gestand Elsa den Zwillingen

Schäferhund passiert sei. Der hat am Morgen ganz verstört neben seiner Hütte gestanden, mit einer langen Kette Konservenbüchsen am Schwanz. Da habe ich mir alles zusammengereimt.“

„Aha, nun ist es ja klar“, sagte Hilda. „Doch warum erzählst du das ausgerechnet uns?“

Elsa wurde glühend rot vor Verlegenheit. Sie zögerte einen Augenblick, ehe sie hervorstieß: „Damit ihr nicht denkt, daß wir anderen Mädchen von der Burgschule mit Hella zusammenstekken.“

Das war erstaunlich. Die Zwillinge starrten Elsa an, und Hilda fragte: „War das sonst nicht so? Ihr wart doch alle befreundet und ziemlich gegen uns eingestellt.“

Jetzt büße ich aber eine ganze Menge von den dummen Sachen ab, die wir angestellt haben! dachte Elsa still für sich. Laut sagte sie: „Du hast schon recht. Wir waren oft gar nicht einverstanden, daß ihr hergekommen seid. Aber es blieb mehr bei lustigen Streichen, bei dieser Gespensterspielerei und so. Doch seit Hella sich so in ihren Ärger hineingesteigert hat und darin einfach zu weit geht, machen wir nicht mehr mit. Das weiß sie, wir haben es ihr unverblümt gesagt. Und die Geschichte von heute nacht ist kein Spaß mehr, sondern einfache Bosheit. Ihr sollt wissen, daß wir damit gar nicht einverstanden sind."

„Danke!" Mehr brachte Hilda nicht heraus, und die Zwillinge nickten nur.

Elsa redete weiter: „Ihr könnt das ruhig eurer Direktorin sagen. Es geschieht Hella nur recht, wenn sie allein auslöffeln muß, was sie sich eingebrockt hat."

Aber da rief Nanni schnell: „Nett von dir, Elsa, aber das tun wir nicht. Petzen ist in Lindenhof nicht Mode, und wir wollen es hier auch nicht. Das Aufräumen schaffen wir schon."

Sie standen sich alle vier verlegen gegenüber, dann gab Elsa sich einen Ruck. „Also das war's. Seid uns nicht böse. Ich glaube, mit der Zeit hätten wir uns glänzend vertragen." Sie ging.

„Das war hoch anständig von ihr", lobte Hanni. „Doch Nanni hat recht, wir verpetzen Hella nicht. Erstens haben wir ohnehin die meiste Arbeit hinter uns, und zweitens gerät Fräulein Theobald in Verlegenheit, wenn sie Hella so kurz vor unserer Abreise noch bestrafen soll. Nur werden wir keine Notiz mehr von ihr nehmen. Sagt auch den anderen Bescheid!"

Es wurde keine große Rache, die sie nun an Hella übten. Immerhin, so sehr angenehm war es für das Mädchen nicht, daß keine sie mehr beachtete. Niemand ließ die Tür auf, wenn sie hinter ihnen ins Zimmer wollte, niemand reichte ihren Teller zu Frau Hofmann hinüber, als diese mittags die Suppe austeilte. Man übersah sie, ging an ihr vorbei. Nicht einmal „gute Nacht" sagten Petra und Doris zu ihr. „Stillschweigende Verachtung!" hieß die Parole, die Hanni ausgegeben hatte.

Bei den anderen Mädchen von der Burgschule hatte Hella auch keinen Rückhalt mehr. Sie mußte sogar beobachten, daß ein paarmal fast freundschaftliche Worte zwischen denen und den Lindenhofern gewechselt wurden. Sie fühlte sich richtig ausgestoßen. Am nächsten Mittag ging sie zur Direktorin und fragte höflich: „Darf ich heute schon nach Hause fahren?"

Das wurde ihr erlaubt. „Alles Gute also", sagte Fräulein Theobald und wandte sich ihrer Schreibarbeit zu. Kein Händedruck, kein Lächeln – Hella war entlassen. Rasch holte sie ihre Sachen, die längst gepackt waren, und wartete draußen auf den Bus.

Lauter vergnügte Gespenster

Der Schulbetrieb wurde eingestellt. In anderen Klassen meldeten sich ein paar für die Übersiedlung nach Lindenhof. Von Hannis und Nannis Funkelsteiner Freundinnen ging keine mit. So hieß es Abschied nehmen. Die vier Mädchen aus dem Dorf teilten um die Wette Einladungen aus. Hanni und Nanni liefen vor allem in jeder freien Minute zu ihren „Patenkindern". Von denen fiel ihnen der Abschied besonders schwer.

Freitag mittag waren die Vorbereitungen zur Reise abgeschlossen. Am nächsten Morgen sollten die Busse kommen und sie abholen. Trübe Stimmung herrschte allgemein – sogar bei den Lehrerinnen. Es war eben doch eine schöne Zeit gewesen in dem alten Gemäuer mit seiner Vergangenheit . . .

Draußen hupte es ein paarmal kräftig. Die Mädchen, die gerade am Mittagstisch saßen, guckten durchs Fenster. „Zwei Busse", rief eine. „Wollen die uns etwa jetzt schon abholen?"

Da kletterten Buben und Mädchen aus den Autos. Sie stürmten das Schloß förmlich. Ein paar Erwachsene folgten ihnen.

„Hallo! Wo ist jemand? Herr Hofmann?"

„Das ist doch unser Dr. Hartmann“, rief Frau Hofmann aufgeregt und kam schnell aus der Küche heraus. „Ja, Herr Doktor, wo kommen Sie denn her? Wir haben Sie frühestens in zehn Tagen zurückerwartet.“

Fräulein Theobald begrüßte den Lehrer. Er leitete die Burgschule, und sie hatte vor ein paar Wochen mit ihm verhandelt.

„Seien Sie unbesorgt“, versicherte er ihr sofort, „wir bleiben nicht hier. Wir mußten unsere geplante Route wegen ein paar Krankheitsfällen leider vorzeitig abbrechen. Es war noch ein Glück, daß die Sache erst am Schluß der Reise passierte. Nun sind wir eilig aufgebrochen. Wir haben es bewußt vermieden, Ihnen Nachricht zu geben, um Sie nicht zu verscheuchen. Wir sind bloß gekommen, um unsere Sachen hier sicher zu verstauen, vor allem ein paar Instrumente, die wir mithatten. Dann fahren wir zur Bahnstation und lassen die Schüler heimreisen.“

Doch Fräulein Theobald schüttelte lächelnd den Kopf. „Von Verscheuchen ist gar keine Rede. Wir sind im Aufbruch. Morgen früh fahren wir los. Es hat sich erst vor kurzem so ergeben, sonst hätte auch ich versucht, Ihnen Nachricht zu geben. Und für eine Nacht wird es wohl möglich sein, Ihre und unsere Schüler hier im Schloß oder im Dorf unterzubringen. Wieviel sind es bei Ihnen?“

„Nur fünfundzwanzig. Die Jüngeren haben wir unterwegs schon in die Bahn gesetzt, sobald wir die Eltern verständigt hatten.“

„Also lassen Sie uns überlegen, wie wir zurechtkommen.“

Die Mädchen aus Lindenhof hatten dem Gespräch gespannt zugehört. War es nicht nett, daß sie die anderen auch kennenlernten? Sie freuten sich alle darüber.

Frau Hofmann war längst in ihrer Küche verschwunden und ließ auch ihren Mann rufen. Mit ihm zusammen werkelte sie eifrig und rief schließlich: „Platz nehmen zum Mittagessen! Unsere Heimkehrer können in zehn Minuten speisen!“

Im Nu hatten die Lindenhofer das Geschirr abgeräumt und ein wenig Ordnung geschaffen. Dr. Hartmann ging hinaus in den Hof, wo die Jungen und Mädchen standen. „Kommt herein", rief er fröhlich. „Frau Hofmann versorgt uns. Und hierbleiben können wir auch."

Während die neuen Bewohner des Schlosses den Speisesaal räumten und die anderen hineinströmten, musterten sie sich gegenseitig. Anscheinend waren beide Seiten mit dem Ergebnis zufrieden, denn plötzlich wurde allgemein gefragt: „Können wir nicht gemeinsam ein bißchen feiern?"

Diese Frage kam natürlich auch den Lehrern zu Ohren.

„Gar kein schlechter Einfall", urteilte Dr. Hartmann und fragte Fräulein Theobald nach ihrer Meinung. „Es soll ja kein rauschendes Fest werden", sagte er. „Doch eine gemeinsame Feier, Heimkehr für die einen, Abschied für die anderen, das finde ich reizend. Ihre und unsere Bande sind ja viel zu aufgeregt, um noch etwas Vernünftiges anzufangen. Sind Sie mit dem Sonderfest einverstanden?"

„Gern", antwortete Fräulein Theobald lachend. „Nur – ich kann mich beim besten Willen nicht um irgendwelche Vorbereitungen kümmern. Meine Kolleginnen ebensowenig. Aber teilnehmen werden wir, das verspreche ich Ihnen."

„Nun, das ist die Hauptsache!"

Herr Dr. Hartmann trommelte alle Buben und Mädchen zusammen. Die Klavierlehrerin, Fräulein Grimm, kannte ja auch die Mädchen aus Lindenhof. Mit ihrer Hilfe und unterstützt von zwei jungen Kollegen, organisierte er, was nötig war.

„Das meiste müßt ihr freilich allein machen", erklärte er den Schülern. „Ihr habt den Einfall gehabt, nun strengt eure Köpfe an!" Prima, das wollten sie gern tun!

„Sag mal", flüsterte Nanni der Schwester zu, „der Blonde da drüben soll ein Lehrer sein? Ich habe ihn für einen aus der obersten Klasse gehalten."

„Der andere, der Dunkle, sieht auch nicht viel älter aus", antwortete Hanni. „Und wie die Buben mit ihnen reden! Wie mit ihresgleichen."

Diese Erfahrung machten die anderen auch. Funkelstein war anscheinend ein ganz besonderes Internat, ein Schulbetrieb, wie sie ihn nicht kannten. „Da kann ich schon verstehen, daß wir denen sonderbar vorgekommen sind – und manchmal auch recht albern."

„Ach geh, so schlimm ist es nun auch wieder nicht. Und sonderbar würde ich eher diese Schule finden, wenn ich auch die kameradschaftliche Art zwischen Lehrern und Schülern sehr nett finde. Bei uns ginge das einfach nicht. Denkt bloß an so manche komischen Typen, die wir hatten."

„Na, Hella ist auch nicht von Pappe!"

„Vielleicht benimmt sie sich in ihrer eigenen Schule besser."

„Auf jeden Fall, wir sind trotzdem für Lindenhof!"

Sie waren bei diesem Gespräch hin und her gerannt. Die Mädchen aus der Vierten hatten Stühle und Bänke ins Freie geschleppt. Am Nachmittag war es ja immer noch warm genug, um draußen zu sitzen. Die fremden Jungen und Mädchen lachten, wenn die Zwillinge ihnen begegneten, die „Doppelausgabe", wie der blonde junge Lehrer rief.

Dr. Hartmann horchte herum, was sich in der letzten Zeit ereignet hatte. Natürlich: Gespenstergeschichten! Das hatte er erwartet. Er führte allerlei Gespräche und schickte schließlich den einen Kollegen und ein paar Jungen in Hofmanns Auto zur Stadt.

Frau Hofmann brutzelte eifrig in der Küche. Ihre Schwiegermutter half ihr, den kleinen Laden hatte sie geschlossen.

„Eines bitte ich mir aus", rief Dr. Hartmann, als die Jungen und Mädchen allmählich zur Feier in den Burghof strömten: „Keine Cliquenwirtschaft! Wehe, wenn ich ganze Klassengruppen entdecke! Große und Kleine durcheinander und Lindenhof und Funkelstein bunt gemischt! Ich greife energisch durch, wenn ihr euch nicht danach richtet."

Großes Gelächter! Sofort setzte eine allgemeine Umgruppierung ein – und am Ende war Dr. Hartmanns Wunsch erfüllt. Sogar Hanni und Nanni hatten sich getrennt.

„So!" Dr. Hartmann nickte zufrieden. „Nun fangen wir an. Ihr aus Lindenhof wißt, daß wir musikbesessene Leute sind. Wir werden euch also etwas geigen und pfeifen. Wer mag, kann dazu tanzen und mitsingen."

Ja, das klang! Die Funkelsteiner wußten, wo im Burghof die Musik am besten zur Wirkung kam. Immer mehr begannen zu tanzen. Nun konnten sie sich gegenseitig ihre Erlebnisse berichten und vergnügt zusammensitzen. Jetzt erfuhr Hanni auch, daß sie mit ihrer unbedachten Bemerkung von den „Musikfritzen" die anderen einmal schwer gekränkt hatte.

„Ich habe das bestimmt nicht böse gemeint", versicherte sie, „und mir nichts Schlimmes dabei gedacht."

Unbemerkt waren die Lindenhofer Lehrerinnen dazugekommen. Auch Dorfbewohner tauchten auf. Es war ja „ihre" Schule, sie hielten große Stücke auf alle, Schüler wie Lehrer. Sogar Karolins Mutter kam gemeinsam mit Frau Köcher. Da saßen die Zwillinge doch bald wieder zusammen. Wer wollte ihnen verwehren, noch einmal mit den beiden netten Müttern zu sprechen, bei denen sie oft gerngesehene Gäste waren?

Man hatte sowieso verabredet, daß ein paar Mädchen aus Lindenhof für die letzte Nacht bei Buchners und Köchers schliefen. Auf diese Weise gab es genug Platz in der Burg. Ein paar Funkelsteiner Buben wollten auf dem Türkenhof im Heu schlafen. Tilly hatte Bobby und Carlotta eingeladen – überall herrschte große Gastfreundschaft.

„Da hätten doppelt soviel einrücken dürfen", meinte Fräulein Wilton lachend. „Ich hoffe bloß, daß wir morgen früh alle pünktlich zusammenbekommen."

Die Hausmutter aus Lindenhof war schon einen Tag vorher eingetroffen, um bei den letzten Arbeiten zu helfen. Sie wohnte bei Hofmanns.

Mamsell fühlte sich selig. Solches Leben liebte sie, wenn alle lachten und nett zueinander waren! Da kam der junge blonde Lehrer und verbeugte sich vor ihr. Sie sah ihn verwundert an, bis sie begriff: Er wollte mit ihr tanzen! Er wies auf Fräulein Theobald, die nicht weit von ihnen lachend mit Dr. Hartmann eine Runde drehte. Ja, Mamsell war eine echte Französin. Tanzen konnte sie immer noch. Zur großen Begeisterung ihrer Schülerinnen walzte sie plötzlich mit ihrem jungen Tänzer vergnügt durch den Hof.

„Bravo, Mamsell!" riefen ein paar.

Fräulein Theobald sah sich um und winkte ihr zu. Mit einem Schlag waren alle andern aus der Hofmitte verschwunden, nur die beiden Lehrerpaare drehten sich.

Die Jungen und Mädchen klatschten im Takt, die Musikanten spielten mit besonderer Hingabe. Uff! Schachmatt fiel Mamsell schließlich auf einen Stuhl und wedelte sich Luft zu. Wer hätte geahnt, daß sie an diesem Abend noch tanzen würde!

Es war schon fast dunkel. Warum wurde kein Licht gemacht? Die Antwort kam bald: Vom Oberschloß zischte und krachte es plötzlich wie von einem Dutzend Raketen. Trompetenstöße erklangen. Glocken schepperten . . . Da waren die Burschen am Werk, von denen Karolin den Zwillingen gleich am Anfang berichtet hatte. Prasselnd stieg ein Feuerwerk in die Luft, daß ringsum alles erhellt wurde. Und dann klapperte und heulte es draußen vor der Burg zum Steinerweichen. Ein seltsamer Zug marschierte durchs Tor: Ritterfräulein in grünen Schleiern, grauenvolle Gestalten in Blechrüstungen oder in Lumpen, die drei Bienenväter in ihren Vermummungen, mit großem Spektakel die Klappermänner, die auf langen Stangen die bemalten Ballons schleppten und die Knüppel gegeneinanderschlugen, ein paar vermummte Gestalten mit beleuchteten Kürbisköpfen in der Hand und schweren Ketten hinter sich, zwischen ihnen sogar Bärbels kopfloser Radfahrer. Den Schluß bildete Rolf Türk mit seinem Hund. Er hatte ihm freilich die Konservendosen nicht an den Schwanz gebunden, sondern zog sie selber hinterdrein.

Viele klatschten, alle lachten, als der Zug schließlich im Unterschloß verschwand. Dr. Hartmann stieg auf einen Tisch, klatschte in die Hände, bis alle still waren, und rief dann: „Schluß mit dem Fest! Ich hoffe, es hat euch gefallen. Euch Lindenhofern ins Stammbuch ein paar Verse, damit ihr unsere Burg nicht vergeßt und ohne Grauen an die gruseligen Erlebnisse zurückdenkt:

„Wird's dunkel sein
in Funkelstein,
dann munkeln
und schunkeln durchs Fenster
lauter vergnügte Gespenster!"

In der Hanni-und-Nanni-Reihe erschienen bisher:
Hanni und Nanni sind immer dagegen – Hanni und Nanni schmieden neue Pläne – Hanni und Nanni in neuen Abenteuern – Kein Spaß ohne Hanni und Nanni – Lustige Streiche mit Hanni und Nanni – Fröhliche Tage für Hanni und Nanni – Hanni und Nanni gründen einen Klub – Hanni und Nanni im Landschulheim – Hanni und Nanni im Geisterschloß – Hanni und Nanni geben nicht auf

Die englischen Originalausgaben erschienen bei Methuen & Co., Ltd., London.

Deckelbild und Illustration: Nikolaus Moras
Schrift: 11/12 Punkt Garamond – Fotosatz
Druck: Presse-Druck
Bestell-Nummer: 3670

ISBN 3 505 03670 6

Von Enid Blyton erschienen im Franz Schneider Verlag folgende beliebte Mädchenbücher:

Unser liebes Pony
Fam. Langfeld – Unverhoffter Besuch
Fam. Langfeld – Geheimnisse
Fam. Langfeld – Eine neue Heimat
Fam. Langfeld – Eine glückliche Zukunft
Die Kinder von Kidillin
Tobi, unser frecher Dackel
Geschichten zum Staunen und Lachen
Märchen in Schreibschrift
In unserer Schule ist was los
Hanni und Nanni sind immer dagegen
Hanni und Nanni schmieden neue Pläne
Hanni und Nanni in neuen Abenteuern
Kein Spaß ohne Hanni und Nanni
Lustige Streiche mit Hanni und Nanni
Fröhliche Tage für Hanni und Nanni
Hanni und Nanni gründen einen Club
Hanni und Nanni im Landschulheim
Hanni und Nanni im Geisterschloß
Hanni und Nanni geben nicht auf
Hanni und Nanni und ihre Gäste
Dolly sucht eine Freundin
Wirbel in Klasse 2
Ein Pferd im Internat
Klassensprecherin Dolly
Dollys großer Tag
Abschied von der Burg
Unser Haus im hohlen Baum
Adventures with Hanni and Nanni I
Adventures with Hanni and Nanni II

Schulabenteuer auf der Burg

ENID BLYTON

Klassensprecherin Dolly

Wieder beginnt ein neues Schuljahr. Neue Gesichter kommen hinzu: Dollys reizende Schwester Felicitas, die schüchterne Clarissa, die Zwillinge Conny und Ruth. Da hat Dolly als Klassensprecherin keinen leichten Stand. Im Laufe dramatischer Ereignisse gewinnt sie das Vertrauen der Schule.

Schneider-Buch

In Blumenau ist alles viel schöner . . .

ENID BLYTON

Familie Langfeld

Kurt und Rosa Langfeld und ihre drei Kinder haben bei einem Brand ihr Haus in der Stadt verloren. Endlich können sie nun das schmucke Gut Blumenau beziehen. Aber das Leben auf einem Gutshof bedeutet viel Arbeit. Mit Ausdauer und Begeisterung meistern sie die neuen Aufgaben.

Schneider-Buch

Da spitzten die beiden ihre Ohren . . .

ENID BLYTON

Hanni und Nanni im Geisterschloß

Ein geheimnisvolles Schloß im Wald ohne Besitzer. Ein zwielichtiger Vertreter. Falschgeld, das plötzlich auftaucht. Wer steckt dahinter? Die beiden Mädchen und ihre Freunde sind wachsam und entdecken ein Geheimnis. Die Ferien von Hanni und Nanni sind spannend und voller Abenteuer.

Schneider-Buch